A branca voz da solidão

Emily Dickinson

A BRANCA VOZ DA SOLIDÃO

Edição bilíngue

Tradução
José Lira

ILUMI//URAS

Capa
Eder Cardoso / Iluminuras

Revisão
Leticia Castelo Branco

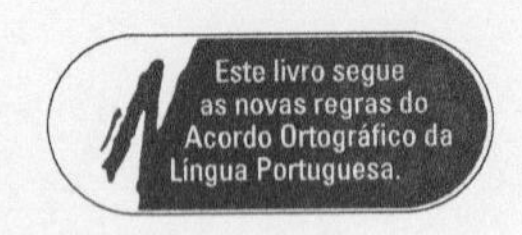

CIP-BRASIL. CATALOGAÇÃO-NA-FONTE
SINDICATO NACIONAL DOS EDITORES DE LIVROS, RJ

D547b

Dickinson, Emily, 1830-1886
A branca voz da solidão / tradução José Lira. - Ed. bilíngue. -
São Paulo : Iluminuras, 2011 – 1. Reimp. 2012.
352p. ; 23 cm

Texto em inglês e português
Inclui bibliografia
ISBN 978-85-7321-333-1

1. Poesia americana. I. Lira, José. II. Título.

11-3793. CDD: 811
CDU: 821.111(73)-1

22.06.11 28.06.11 027487

2018
EDITORA ILUMINURAS LTDA.
Rua Inácio Pereira da Rocha, 389 - 05432-011 - São Paulo - SP - Brasil
Tel./Fax: 55 11 3031-6161
iluminuras@iluminuras.com.br
www.iluminuras.com.br

Índice

Algo detrás da porta

O coração assíduo

A Dona Elza, minha Mãe:
"tudo que tenho para dar-te"

Por uma experiência poética

Moacir Amâncio

Quando alguém diz que só traduz um texto depois de dominá-lo, isto é, de entendê-lo com o equipamento racional, coloca em dúvida a própria ação tradutória. Um domínio totalitário do texto alheio supõe a apreensão do sentido literal de cada palavra e suas conotações, suas ressonâncias pelo texto e o geral do idioma ao qual pertence obra de determinado escritor. E isso jamais ocorre com o texto literário, seja prosa ou poesia. Aquele tipo de domínio pertenceria, no campo ideal, ao círculo exclusivo da tradução cartorial. Portanto, a tradução de um romance, conto ou poema se tornaria impossível, como querem vários críticos, embora esse tipo de discussão, cada vez mais numerosa, lembre aquela piada sobre os cientistas da exatidão que, após examinarem uma simples girafa, concluem: este animal é impossível. Discute-se a impossibilidade de uma prática que se perpetua pelo simples fato de os idiomas, talvez mais do que isso, as épocas, serem diferentes.

De maneira poética, José Lira assume a atitude oposta. Isso deve ter levado à eleição de uma autora tornada complexa pelas circunstâncias e recepção mesmo em seus momentos de simplicidade, mas que também foi precursora do hermetismo do século 20 (não por acaso foi traduzida por Paul Celan), cuja obra permaneceu dispersa em diferentes versões, com poemas alterados por editores que pretendiam captar melhor a intenção da autora do que a própria, como se estivessem lidando com a montagem de uma cadeira, por exemplo, esquecendo que o princípio disso tudo está não no objeto, mas na palavra cadeira, cujas implicações escapam em primeiro lugar ao chamado autor. Em outros termos, José Lira optou por trabalhar com o enigma e o prisma lúdico que se desdobra em torno dele, sol da meia-noite.

Consciente da complexidade que envolve a tradução, José Lira não se deixa abater nem dobrar pelos excessos teóricos, uma selva onde qualquer um se perde com facilidade, pois nenhum caminho seguro é indicado; embora o ofício do tradutor seja uma das duas mais antigas profissões da história humana. Então, o que resta é a prática, o desafio da prática, em que todas as teorias antigas, requentadas ou recentes batem e ficam, ou se esfacelam. Até mesmo a primazia da tradução a partir da língua original como critério de valor pode ser contestada, pois de repente a tradução indireta acaba por se revelar mais próxima do idioma de partida do que a versão direta.

O que está em jogo é a expressão poética. Só ela, quando conseguida em determinado grau na língua receptora, inscreverá a tradução no quadro da literatura. Não se descartam simplesmente outros esforços e intenções, trata-se de uma gradação conforme os objetivos. A versão meramente informativa de um texto pode ser muito bem-vinda e cumprir seus objetivos de maneira correta e útil. Mas existe um abismo entre esse tipo de objetivo e o poético. É exatamente na corda estendida sobre esse abismo que se encontra um tradutor como José Lira, sempre rumo ao outro lado. Não se trata de um vale-tudo, mas as regras são variáveis, o que vale para um poema nem sempre pode ser aplicado a outro: ainda mais no caso da autora, que se coloca sempre fora de foco não só pela distância no tempo e no espaço, mas sobretudo pelo seu próprio movimento.

Segundo R. P. Blackmur, a linguagem verbal encontra seu melhor êxito ao se tornar "gesto em suas palavras". Essa percepção permitiria resolver o quebra--cabeça e pode levar à "descoberta de um caminho para o centro ou o beco sem saída" que é "o mistério do significado da expressão na linguagem das artes". O desafio da tradução poética estaria, portanto, em recuperar, na linguagem receptora e mais, no seu aqui e agora, o gesto inicial que se configura nos textos em geral breves de Emily Dickinson.

Sem desprezar reflexões e propostas tradutórias, José Lira sabe que elas permanecem hipóteses a serem consideradas na prática imediata ou devem permanecer no armário para uso eventual. Assim, ele fala em Pound e estabelece um plano orientador de sua tarefa, que leva em conta as seguintes possibilidades: a recriação, a imitação e a invenção fundamentadas em seu estudo introdutório às traduções dos poemas de Emily Dickinson. São as regras do jogo, tendo em conta que muito nessa história pertence ao terreno do azar.

Esse jogo pressupõe um triângulo, o tradutor e a autora na base – no outro ângulo, o leitor. Ou: o texto original desta edição bilíngue, a proposta da tradução e a figura invisível, imponderável, que fará a mediação e sem a qual nada terá sentido. Observa-se nisso nova etapa de trajetória longa e cautelosa que tem uma motivação fundamental. O prazer do jogo e o vislumbre do sublime caçado por Emily Dickinson no cotidiano mais miúdo, mais doméstico, mais ao alcance da vista – ou do sonho. Quando aqueles parceiros formam o circuito nessa banca virtual, surge a possibilidade de vislumbrar aquilo que Blackmur considera o ponto de toque da linguagem. É quando esta se torna mística e esplende em seu estranhamento.

Notas sobre a transcrição e tradução dos poemas de Emily Dickinson

José Lira

I found the words to every thought
I ever had - but One -
Emily Dickinson

A escrita é um ato melancólico, um íntimo exercício de sujeição à árdua procura do termo "exato" para a formulação "perfeita". No caso da criação poética, a tentativa de dar forma palpável a ínvios, incertos, instáveis conteúdos é muitas vezes inútil. Bem que o poeta "puxa e repuxa a língua" nessa "luta mais vã" por dizer algo que veio à mente e não achou como expressar-se. Mas bem que Emily Dickinson consegue dar a melhor expressão à sua escrita. Não que "exatidão" e "perfeição" sejam termos adequados para definir a sua arte poética peculiar – pelo contrário, entre os traços mais distintivos de sua dicção estão justamente o ritmo "quebrado", as rimas "inexatas" e a gramática "imperfeita", que tanta aversão causaram aos seus primeiros críticos.

Dentre esses críticos surpreendidos, ainda no século XIX, com a poesia inovadora e "estrangeirizada" da poeta de Amherst destaca-se Thomas Higginson, com quem ela se correspondeu durante mais de vinte anos e que a desaconselhou a publicar os seus versos por achá-los "impróprios". Mas foi o mesmo Higginson quem observou, após a morte da autora, que embora "dentro de padrões de seu exclusivo gosto" ela "com frequência mudava várias vezes uma palavra para satisfazer um ouvido que tinha as suas obstinadas exigências".[1]

Ela era, na verdade, uma eterna insatisfeita com tudo que escrevia. Muitos de seus textos subsistem em várias versões manuscritas e outros mostram inserções, alterações e correções significativas, feitas ao longo do tempo em sucessivas leituras. Ela modificava e corrigia até mesmo os cerca de oitocentos poemas supostamente "acabados" que transcreveu em

[1] T. W. Higginson & Mabel Loomis Todd, *Collected Poems of Emily Dickinson* (1982). Esta edição mais recente reúne os poemas publicados originalmente em 1890, 1891 e 1896, após a morte da autora.

quarenta cadernos que se convencionou chamar de "fascículos". Além disso, ela costumava enviar, em suas cartas, cópias diferentes de um mesmo poema a diferentes pessoas, num incessante processo de alteração textual e de escolhas refeitas (ou não feitas).

A destinatária mais frequente das cartas e poemas de Emily Dickinson era a sua cunhada e vizinha Susan Dickinson, com quem ela manteve uma relação de amizade que a crítica feminista qualifica, talvez com certo exagero e sem mais evidências, como um "prototípico lesbianismo". Para os adeptos mais extremados dessa corrente que hoje predomina na crítica literária dickinsoniana, Susan era não só uma querida amiga, mas também sua "musa e conselheira". Essa suposta influência estaria documentada pelas diversas versões de um dos mais conhecidos poemas da autora, do qual existem cinco manuscritos distintos e cuja versão inicial, em duas estrofes, foi enviada à cunhada em 1859:

> Safe in their Alabaster Chambers -
> Untouched by morning
> And untouched by noon -
> Sleep the meek members of the Resurrection -
> Rafter of satin and Roof of stone.
>
> Light laughs the breeze
> In her Castle above them -
> Babbles the Bee in a stolid Ear,
> Pipe the Sweet Birds in ignorant cadence -
> Ah, what sagacity perished here!

A segunda estrofe não teria agradado a Susan, levando Emily a refazê-la por completo e reenviá-la à cunhada, já em 1861:

> Grand go the Years - in the Crescent - above them -
> Worlds scoop their Arcs -
> And Firmaments - row -
> Diadems - drop - and Doges - surrender -
> Soundless as dots - on a Disc of snow -[2]

[2] Minha tradução do poema, que consta deste livro (como a de todos os outros abordados aqui), foi feita a partir da edição linearizada por Higginson & Todd, exceto quanto à pontuação e à grafia (e sem a alteração textual citada no próximo parágrafo). Não me agrada muito essa que foi uma das minhas primeiras experiências de tradução, mas, apesar de ter voltado a ela várias vezes, não consegui melhorá-la. Posso então dizer dela, a exemplo de muitos dos poemas de Emily Dickinson, que está feita, mas não é definitiva.

Susan teria sido ainda menos receptiva a essa nova estrofe, e Emily a modificou mais duas vezes, tendo trabalhado nela até 1862, ou seja, três anos após a versão inicial, quando o poema foi publicado em um jornal sem indicação de autoria.[3] A primeira publicação em livro se deu em 1890, na edição de Higginson & Todd, em três estrofes de quatro versos, com uma arbitrária alteração no texto ("of sunshine" em lugar de "above them" na segunda estrofe). Em atenção ao gosto da época, não foram reproduzidas então as "disjunções", como se convenciona atualmente designar esse tipo de sinal gráfico multifuncional característico da escrita de Emily Dickinson (em geral confundido com o travessão), nem as maiúsculas que ela espalhava aleatoriamente em tudo que escrevia, de poemas a receitas culinárias. Franklin dá como acabadas, por conta de discutíveis critérios pessoais, apenas a primeira e a terceira estrofes, mas desdobrando essa última em oito versos, com base em outro manuscrito que não o que serviu a Johnson. O fato é que Emily Dickinson, ao que parece, não tomou ela própria uma decisão: pode-se dizer que o poema não tem uma versão definitiva.

Mas qual seria a versão definitiva de um texto como esse, não "oficializado" pelo próprio autor? Teria sido essa a ideia para a qual a poeta, como diz nos versos que me servem de epígrafe, não achou as palavras adequadas? Ou teria ela enviado outras cartas com outras versões à sua cunhada, que não chegaram até nós, como se deu com centenas de escritos de sua autoria? É impossível dar uma resposta certa a essas questões. Servi-me delas, no entanto, como ponto de partida para justificar certas decisões, umas mais firmes e outras, talvez, mais controversas, que o ofício de tradutor de poesia e, mais especificamente, da poesia de Emily Dickinson me induziu a tomar.

De fato, a obra poética de Emily Dickinson desafia o tradutor com seus vários tipos de "(ir)resolução textual": a falta de fixação do texto original é um convite à dispersão do(s) texto(s) de chegada.

[3] A suposta opinião de Susan não nos chegou por escrito. Subsistiram nesse caso apenas as cartas de Emily Dickinson à cunhada e outros papéis da própria autora com as várias versões do poema. Esse episódio foi relatado por Thomas H. Johnson, autor da primeira edição da obra poética completa de Emily Dickinson, *The Complete Poems of Emily Dickinson* (1955), e R. W. Franklin, que fez algumas alterações pontuais no trabalho de seu antecessor em *The Poems of Emily Dickinson* (1998). Tanto Johnson como Franklin atribuíram, cada qual a seu modo, uma numeração sequencial aos poemas, que optei por não utilizar nesta coletânea. A edição de Johnson está hoje acessível na Internet (v. *links* em www.ibilce.unesp.br/emilydickinsoninbrazil).

Cada poema, original e tradução, se faz multifacetado. Numa obra tão mutável e inconclusa, surgem dúvidas e dificuldades que em geral não se espera encontrar em outros poetas. O poema-texto altera-se, renova-se, multiplica-se nas mãos da autora, em versões que competem entre si (e até mesmo naquelas que só nos chegaram por transcrições alheias). Esse jogo continua na editoração: os manuscritos, que já haviam sido "emendados" por seus primeiros editores, foram "adaptados" e "regularizados" por outros, muitas vezes com soluções no mínimo questionáveis. Cada editor já é, de início, um tradutor desses textos, com suas normas próprias de transcrição e acabamento textual, seus acertos e falhas, seus ganhos e perdas, uns mais e outros menos "fiéis" ou "infiéis". Uns mudam palavras e põem títulos nos poemas, outros "melhoram" versos inteiros; uns "corrigem" a pontuação e a grafia, outros privilegiam esta ou aquela versão; uns dão *status* de poesia a trechos em prosa, outros descartam passagens supostamente "prosaicas".[4]

A ambiguidade, uma das marcas da poesia de Emily Dickinson, chega a ser algo material, palpável, externa à sua própria escrita, e se manifesta já a partir da inerente desorganização dos textos, que ela deixou à posteridade sem uma palavra sequer sobre a sua destinação. Em decorrência de sua escrita *sui generis*, que nunca se resolve e pouco se revela, os incontáveis tipos de abordagem editorial das múltiplas representações textuais de sua poesia – esboços de poemas, poemas em elaboração, poemas com várias versões, poemas extraídos de poemas, poemas desentranhados de cartas, cartas com poemas ou poemas em cartas, além dos poemas de ocasião – resultam às vezes em outros tantos enfoques críticos de sua obra, incompatíveis e irreconciliáveis.[5]

Repiso pontos já abordados em outras ocasiões para mostrar alguns exemplos dessa instabilidade textual que é hoje um dos temas prediletos dos críticos literários às voltas com a obra dickinsoniana. Começo com este singelo poema:

[4] Essas considerações foram extraídas do capítulo "Questões de Dicção e Criação Poética na Tradução de Emily Dickinson", do livro *Tradução, Vanguarda e Modernismos* (2009), organizado por Irene Hirsch *et al.*

[5] Basta citar a insatisfação com que a crítica feminista atual vê a edição tradicional dos poemas, que não poderiam, de acordo com os seus seguidores, ser isolados do contexto nem reproduzidos com a "regularização" da formatação original. Apesar de não dar conta da obra da poeta como um todo, essa é uma das perspectivas mais atuais da chamada "crítica do manuscrito".

Here, where the Daisies fit my Head
'Tis easiest to lie
And every Grass that plays outside
Is sorry, some, for me.

Where I am not afraid to go
I may confide my Flower -
Who was not Enemy of Me
Will gentle be, to Her.

Nor separate, Herself and Me
By Distances become -
A single Bloom we constitute
Departed, or at Home -

Johnson e outros editores viram nesse texto um só poema, ao passo que Franklin o desdobrou em dois, considerando o primeiro quarteto independente dos demais. Neste livro eles estão, lado a lado com a tradução, como poemas separados, sem que isso signifique que eu ache essa a melhor opção. É que em minha leitura atual vejo o(s) texto(s) assim; amanhã ou depois posso ter outra opinião.

Um exemplo entre muitos de como a editoração dos poemas de Emily Dickinson passa às vezes dos limites do bom senso é um texto no qual os dois primeiros versos são dados como um só por Johnson e Franklin, resultando nesta excrescência: "Drama's Vitallest Expression is the Common Day", ou seja, um improvável verso bárbaro de sete pés trocaicos (ou treze sílabas), numa primeira estrofe reduzida à força a um terceto, seguida por três quartetos, forma poemática estranha na produção da autora. O pior é que o manuscrito, na verdade, divide o verso em dois, *comme il fault*, depois da palavra "Expression", mas o "i" da palavra seguinte é dado por minúsculo, e por isso os dois versos foram "ajuntados" num só. Como o poema já foi publicado com a apropriada linearização das estrofes por outros editores, optei aqui por lhe dar esse formato mais "regular".

Outro exemplo ainda melhor para estas observações sobre a variabilidade no arranjo de formas poemáticas é este:

Dear March - Come in -
How glad I am -
I hoped for you before -

Put down your Hat -
You must have walked -
How out of Breath you are -
Dear March, how are you, and the Rest -
Did you leave Nature well -
Oh March, Come right up stairs with me -
I have so much to tell -

I got your Letter, and the Birds -
The Maples never knew that you were coming - till I called
I declare - how Red their Faces grew -
But March, forgive me - and
All those Hills you left for me to Hue -
There was no Purple suitable -
You took it all with you -

Who knocks? That April.
Lock the Door -
I will not be pursued -
He stayed away a Year to call
When I am occupied -
But trifles look so trivial
As soon as you have come

That Blame is just as dear as Praise
And Praise as mere as Blame -

Essa é a reprodução de Johnson, que segue em parte a grafia fragmentada da única fonte disponível do poema, simples rabiscos a lápis à margem do texto de uma carta endereçada por uma amiga à própria Emily Dickinson. As passagens sublinhadas (por mim e não por Johnson), "till I called" e "and", foram suprimidas por outros editores, por serem apenas alterações cogitadas pela autora. Essa oportuna supressão permite uma escansão perfeita do poema. Neste livro apresento, por minha conta e risco, uma possibilidade de editoração do texto original que pressupõe a valorização de um subjacente mas bem perceptível esquema de métrica e rimas. Suponho que, como tradutor (coautor do poema em minha língua) e leitor assíduo e preocupado com as questões suscitadas pela transcrição gráfica da escrita de "minha" poeta, tenho o direito (se não o dever) de apresentar sugestões desse tipo. Parto da constatação de que se trata aqui de um apressado rascunho que não foi passado a limpo. A própria poeta, com certeza, teria regularizado a linearização do poema, como o fez com muitos outros, se o tivesse copiado num de seus cadernos. Mas a discussão dessas questões, que compõe hoje uma vasta bibliografia, foge aos propósitos deste livro.[6]

Depois dessas referências pontuais às questões de transcrição da obra de Emily Dickinson, teço em seguida algumas considerações sobre a tradução dos poemas que fazem parte deste livro. Devo, de início, fazer uma recopilação das minhas concepções de tradução de poesia que chamei de "recriações", "imitações" e "invenções". Refundo e reproduzo em seguida alguns trechos de dois trabalhos anteriores de minha autoria, num dos quais utilizo, não como modelo teórico, mas pela intrigante, embora tênue, relação conceitual, algumas reflexões de Ezra Pound sobre a criação poética: [7]

As RECRIAÇÕES são as traduções mais próximas da prosódia dickinsoniana, com aproximação sintática e manutenção, quando possível, das "estranhezas" do original, às vezes com inadequações gramaticais, e valorizam as denotações e conotações do signo poético, aspectos incluídos por Ezra Pound na "atividade de criação" que chamou de *melopeia*, a qual também "diz respeito à musicalidade do verso, isto é, ao número dos sons e à sua natureza: em outras palavras, abrange o *ritmo* e as *qualidades sonoras* [rimas, aliterações, repetições, assonâncias]".

Nas IMITAÇÕES ocorre quase sempre ampliação textual, com uma ou outra das seguintes características, em geral "antidickinsonianas": despreocupação quanto aos aspectos sonoros, com exceção da rima, normalização da linguagem e explicação de termos e expressões obscuras,

[6] Cito duas obras mais recentes que abordam essas questões de editoração de modo extensivo e didático: *Measures of Possibility: Emily Dickinson's Manuscripts*, de Domhnall Mitchell (2005), e *Editing Emily Dickinson: The Production of an Author*, de Lena Christensen (2008).

[7] Essas conceituações foram extraídas dos ensaios "Emily Dickinson: A Críptica Beleza", que serviu de introdução ao livro *Emily Dickinson: Alguns Poemas* (2006), e "Traduzir Emily Dickinson: Um Convite à Experimentação", que saiu na revista *Letra Viva*, da UFPB (2006). As citações de Pound estão no ensaio "A Tradução de Poesia em Língua Inglesa: Problemas e Sugestões", em *Tradução & Comunicação* (1983), de Paulo Vizioli.

resultando em textos tanto menos "fiéis" quanto mais "fluidos" e privilegiando a *logopeia*, "o elemento que, no texto, reflete a *atitude* do autor [marcada pelos níveis e registros do discurso]", de acordo com a classificação de Pound.

Já nas INVENÇÕES, a tradução é mais uma "atualização" da forma poemática, indiferente à métrica, rima e outros elementos poéticos tradicionais, num jogo de *afastamentos* e *aproximações* que gira em torno da preservação do *sentido* original, com a frequente "intromissão" de ecos de outros textos que ajudam a compor o texto traduzido, e tem quase sempre algo a ver (mesmo como negação do original) com a *fanopeia* de Pound, "relacionada com a *imagética* e, de certa forma, com a *atmosfera* [e os aspectos culturais] do poema".

Também já disse e reitero, *ipsis litteris*, que esses termos – recriação, imitação e invenção – têm sido usados por outras pessoas com outros significados. Não fazem parte de uma teoria da tradução: são o resultado de uma atividade que, para mim, se confunde com minha própria criação autoral. Não que haja diferenças significativas entre essas "traduções heteronímicas": tanto umas como outras devem ter, de modo geral, o mesmo grau de erros e acertos em relação aos textos originais. Em comparação com a tipologia de Dryden exposta por Susan Bassnett em *Translation Studies* (2003) – que cito, dentre inúmeras outras, apenas para efeito de exemplificação –, a minha recriação estaria entre a *metaphrase* (transposição palavra por palavra) e a *paraphrase* (priorização do sentido), a imitação, entre esta e a *imitation* drydeniana (frequente afastamento do original), e a invenção, um pouco além desta última (mas não tanto quanto outras arrojadas traduções "pós-poundianas"). Vale notar que alguns dos poemas incluídos entre as invenções – com destaque para os dois últimos do livro – são, em última análise, *outras dicções*, pois tanto aglutinam esses três modos de expressão como incorporam recursos estilísticos e formais distintos dos que mostrei aqui.

A notável fragmentação da escrita e a contraditória editoração dos poemas de Emily Dickinson foram dois dos aspectos que mais marcaram a minha forma de ver e viver a tradução. Mas é claro que cabe a mim e não a ela nem aos seus editores o ônus de minhas decisões, tanto em relação à forma quanto ao conteúdo poemático em minha própria língua. Ao traduzir "Parting" por "Partir" em *Alguns Poemas*, por exemplo, eu me sabia exposto a críticas. Estou sujeito agora, outra vez, a muitos questionamentos e reparos. É claro que, para citar um só exemplo, "Minas de Mistério" não traduz bem "Moats of Mistery" (v. poema "Sunset that screens reveals") senão no âmbito das "licenças tradutórias" da tradução poética. Achei mais importante uma aproximação fônica com o verso original do que uma transposição mais rasa. Toda tradução é uma "(re)criação", alguém já disse. Também já se disse que toda tradução é uma adaptação. Ou uma interpretação. Ou até mesmo uma crítica. Questão de definições, que nunca são definitivas. Para Emily Dickinson, um poeta é alguém que dá novos sentidos a palavras já vazias de sentido. O tradutor de poesia tem de ter presente que essa também é sua missão. E para traduzir poesia com a convicção de quem "vive" o que diz, sem perder de vista a insegurança própria do gênero, o poeta-tradutor deve dispor das palavras alheias a seu gosto, sabê-las e senti-las como se elas fossem suas.

Publiquei há tempos um trabalho sobre as traduções dos primeiros poemas conhecidos de Emily Dickinson, "Awake ye muses nine" e "Sic transit gloria mundi",[8] que abordou a questão da fragmentação identitária do tradutor no afã de recriar, em sucessivas tentativas, as infinitas nuanças do texto original, partindo da presunção de que (a) todo texto, original ou não, é sujeito a múltiplas interpretações; (b) toda tradução é baseada numa interpretação *momentânea* do texto original; e (c) nenhuma tradução é totalmente "fiel" ou "infiel" ao texto original. A tradução poética traz consigo, de fato, outra forma aristotélica de agnição. Pode não ser um contínuo *satori* zen-haicaístico, mas com certeza tem sempre algo de etéreo em sua essência, qualquer que seja a sua essência. Na tradução poética, a "angústia da influência" se manifesta em relação ao próprio eu do poeta--tradutor – é o "outro" que traduz sob o influxo do que fui e do que sou como poeta. A heterogeneidade discursiva é inerente à tradução poética. O tradutor de poesia tem *personas*. Ou é sujeito-agente ou se assujeita, mas é sempre um "outro" que em seu ofício cultua e dessacraliza as palavras

[8] "Dois Poemas de Emily Dickinson: Uma Experiência Tradutória", *Cadernos de Tradução* XV da UFSC (2005). Esse texto saiu, infelizmente, com vários erros de edição e revisão.

alheias. Daí que me sinto à vontade em relação aos meus "processos pessoais de tradução".

Não resisto aqui à tentação de incluir algumas palavras sobre o uso da rima na tradução. "O tradutor incorruptível / É traído por Dona Rima", diz Vladimir Nabokov, que ironiza, no livro póstumo *Verses and Versions* (2008), o afã do tradutor na transposição de rimas de uma língua para outra. Para Nabokov, não há outra forma de traduzir poesia que não a estritamente "literal". Um poema, para Nabokov, deve ser transposto para outra língua palavra por palavra, frase após frase, verso a verso. A métrica para ele é dispensável e a rima é engaste inútil num poema traduzido (como se a poesia fosse algo *útil*). Conquanto tradutor de sua própria obra em prosa, há na teoria de Nabokov um disfarçado desprezo pela tradução de poesia *como poesia*, que é o que tento fazer. É certo que o verso livre e sem rima é, para alguns críticos arraigados no aqui e agora, a única forma aceitável de poesia ("original" ou não). Para ouvidos supostamente mais "fidalgos", a rima é coisa de música *pop* e de poemas infantis. Mas que fazer da poesia de Emily Dickinson em tradução sem a valorização da rima? A rima é uma de suas maiores contribuições à poesia de língua inglesa, e não realçar os seus efeitos em nossa língua seria desprezar uma das características mais inconfundíveis de muitos de seus poemas, se não de quase todos.

Judith Jo Small afirma que as rimas de Emily Dickinson "diferem acentuadamente das normas poéticas estabelecidas; são inesperadas, perturbadoras, conflitantes; não se parecem com as rimas dos outros poetas; têm um som estranho, peculiar, reconhecidamente *dickinsoniano*", e assegura que "mal começamos a entender a importância das rimas e das experiências com efeitos auditivos na sua poesia".[9] Ela tornou rotina o que para seus antecessores era exceção, ao adotar todo tipo de rimas consideradas "inexatas", que os poetas de língua inglesa desprezavam, e criou novos e insuspeitados efeitos rímicos. Como deixar tudo isso de lado na tradução?

"À inventividade do original deve corresponder uma solução igualmente inventiva na tradução, em particular quando o procedimento inventivo em questão é uma espécie de marca registrada do poeta", na

[9] Em *Positive as Sound: Emily Dickinson's Rhyme* (1990). As ideias de Small sobre a rima inglesa fazem parte de meu ensaio "A Invenção da Rima na Poesia de Emily Dickinson", dos *Cadernos de Tradução* VI da UFSC (2000).

opinião de Paulo Henriques Britto.[10] Daí que, em busca de possibilidades prosódicas não exploradas em nossa prática poética, foi que cheguei à sistematização do tipo de rima que chamei de "abreviada", o qual consiste na identidade parcial ou total dos sons vogais tônicos em finais de versos paroxítonos e oxítonos ("vela" e "fé", por exemplo). Uso a rima abreviada, em comum com outros tipos mais convencionais, nas recriações e imitações (as invenções, que pressupõem um discurso poético "moderno", em geral não se valem diretamente da rima). Pode haver quem não perceba nela uma assonância digna de nota. O fato é que a rima abreviada só funciona bem em poemas de mais de uma estrofe, fixando um padrão, e ainda mais se não houver assonâncias internas ou em finais de outros versos. A rima abreviada é, sem dúvida, uma experiência nova para o "incorruptível" tradutor de poesia, embora ainda possa estar sujeita a uma ordenação teórica mais concludente.

Como em meu livro anterior, adoto neste a praxe de não incluir notas de rodapé com explicações textuais e de não contextualizar os poemas de ocasião. Nada, a meu ver, acrescentaria à "correta" leitura de um poema como "Tis not the swaying frame we miss" a informação de que foi feito após a morte do juiz Otis Lord, tido por alguns como um dos prováveis "amores secretos" de Emily Dickinson. Da mesma forma, deixo de mostrar as intertextualizações identificáveis em certos poemas, como por exemplo em "The clock strikes one that just struck two", onde está presente a fala de um personagem de Shakespeare na peça *A Comedy of Errors* ("Tis time that I were gone. It was two ere I left him, and now the clock strikes one"). Deixo a quem nos lê (a mim e à Emily) o prazer dessas descobertas, inclusive no caso das citações inseridas em algumas das invenções (destacaria apenas, como exemplo, o poema "Essential oils are wrung", que julgo ter sido inspirado em versos do Soneto V do mesmo Shakespeare). Com certeza não passará despercebido, numa leitura mais atenta, que é muito forte a presença de referências bíblicas em vários textos.

Os poemas "Essential oils are wrung", "I asked no other thing", "A little madness in the spring" e "A word is dead" constam do livro *Emily Dickinson: Alguns Poemas*, os dois primeiros como recriações, o seguinte

[10] "Correspondência Formal e Funcional em Tradução Poética", em *Sob o Signo de Babel: Literatura e Poética da Tradução* (2006). Britto afirma, com certo exagero, a convicção de que minha abordagem da rima é "uma contribuição preciosa para uma prosódia comparada do inglês e do português".

como imitação e o último como invenção.[11] No caso de "A little madness in the spring", o texto original reproduz aqui, tanto quanto possível, o aspecto gráfico do manuscrito, para mostrar que há certa identidade formal entre ele e sua tradução, como de resto ocorre na maioria das invenções. O poema "It makes no difference abroad", do qual eu havia traduzido apenas a última estrofe em *Alguns Poemas*, aparece aqui completo. E entram aqui sete outros fragmentos de poemas, todos eles indicados no Índice com a letra [F]. Também entra um poema que não consta das edições de Johnson e Franklin, "A mellow rain is falling", extraído por Dorothy Waugh, em *Emily Dickinson Briefly* (1990), de uma das cartas da poeta. Já "Finding is the first act" comparece com duas traduções separadas, uma recriação e uma invenção. Por outro lado, a tradução de "Drama's vitallest expression" não é inédita: apareceu em número especial da revista *Entre Livros* dedicado à literatura norte-americana, no qual assinei o artigo "A Branca Voz da Solidão", com a indicação equivocada de que fora extraído do livro *Alguns Poemas*. Outros onze poemas, entre os quais "I cannot live with you" (o qual, à revelia da autora, chamei de "canção"), constaram do folheto "cordelístico-paradidático" *Vinte Poemas de Amor e Uma Canção de Emily Dickinson* (2009). Por fim, "He fumbles at your soul", "I came to buy a smile today" e "Tis sunrise little maid", entre outros poemas de catorze versos não incluídos aqui, constam como possíveis sonetos (ou algo próximo disso) no meu ensaio "Presença do Soneto na Poesia de Emily Dickinson", na revista *Fragmentos* 34 da UFSC (2008).

Por último, gostaria de registrar que devo a mais profunda gratidão às pessoas que me deram apoio e estímulo nesta empreitada. Para não cometer injustiças, resolvi nomear apenas duas dessas pessoas como representantes de todas aquelas que acreditaram em mim (sem esquecer que minha esposa Egline e minha filha Larissa são *hors concours*): meu cunhado Luiz Prestes Almeida, em nome de todos os parentes, e, em nome de todos os amigos, meu mestre Carlos Daghlian.

[11] Estes 258 novos poemas são, de certo modo, uma continuação da já citada coletânea *Alguns Poemas*. Embora um tanto fora de tempo e lugar, vale notar que nela a tradução do poema "The brain is wider than the sky" (p. 217) saiu com um grosseiro erro de revisão ("põem" no lugar de "pões"). Esse texto foi objeto de estudo na dissertação de mestrado de Karima Almeida sobre a tradução da rima na poesia de Emily Dickinson defendida no início deste ano na UFSC, na qual se ressaltou a falha editorial.

Cronologia

1830	10 dez.	Emily Elizabeth Dickinson nasce em Amherst, no estado de Massachussetts, EUA, após seu irmão Austin (16/04/1829) e antes de sua irmã Lavinia (28/02/1828).
1835	07 set.	Emily inicia os seus estudos em Amherst.
1847	30 set.	Matricula-se no seminário de Mount Holyoke, cidade próxima de Amherst. Neste ano, provavelmente em dezembro, posa para sua única fotografia (em daguerreótipo).
1848		Em agosto o seu pai, Edward Dickinson, decide afastá-la do seminário e dar por terminados os seus estudos. Emily passa a dedicar-se à leitura e às tarefas de casa.
1850	04 mar.	Seu primeiro poema conhecido, "Awake ye muses nine", é enviado a um amigo. Nega-se a participar de movimento de renovação religiosa em Amherst.
1852	20 fev.	Primeiro poema publicado, "Sic transit gloria mundi", no jornal *Springfield Republican*. No total, foram publicados em vida, sem indicação de autoria, apenas dez de seus poemas.
1854		Viaja com a família no mês de abril a Washington para visitar o pai, eleito para o Congresso Federal.
1855		Seu pai compra a casa em que ela irá morar até o fim da vida, na principal rua de Amherst. Começa a longa enfermidade de sua mãe, também chamada Emily.
1862	15 abril	Envia quatro poemas a Thomas Higginson, com quem passará a se corresponder até o fim da vida e que virá a ser, em 1890, o seu primeiro editor. Só nesse ano, o mais profícuo de sua vida, escreve 366 poemas, de acordo com Thomas H. Johnson.
1864		Faz em abril sua primeira viagem a Boston para tratamento ocular, ficando sete meses fora de casa. Volta no ano seguinte à mesma cidade. Passa a viver em reclusão.

1874	16 jun.	Morte do pai. Emily não vai ao cemitério, pois já não saía de casa sob nenhum pretexto.
1882	14 nov.	Morte da mãe.
1884		Surgem os primeiros sinais da doença terminal de Emily, que afetaria os seus rins.
1886	15 maio	Morte de Emily Dickinson.
1890		Primeira edição póstuma dos poemas da autora, *Poems by Emily Dickinson*, organizada por Mabel Loomis Todd e Thomas W. Higginson. Houve mais duas séries de poemas em 1891 e 1896. Em 1945, Mabel Loomis Todd publicaria outra coletânea, que chamou de *Bolts of Melody*.
1914		Publicação de *The Single Hound*, coletânea organizada por Martha Dickinson Bianchi, sobrinha da autora, que em 1929, 1935 e 1937 editaria outros três volumes de poemas escolhidos.
1955		Publicação de *The Poems of Emily Dickinson*, de Thomas H. Johnson, com todos os poemas da autora, que ainda é a coletânea mais lida em todo o mundo.
1958		Publicação de *The Letters of Emily Dickinson*, de Thomas H. Johnson, com todas as cartas da autora, dando sequência a outras edições esparsas de Mabel Loomis Todd, em 1894 e 1931, e Martha Dickinson Bianchi, em 1924.
1974		Publicação de *The Life of Emily Dickinson*, de Richard B. Sewall, até hoje a mais completa biografia da autora.
1981		Publicação de *The Manuscript Books of Emily Dickinson*, de R. W. Franklin.
1988		Criação da *Emily Dickinson International Society* (EDIS), que congrega estudiosos de sua vida e obra e realiza conferências e eventos no mundo inteiro.
1998		Publicação de *The Poems of Emily Dickinson*, de R. W. Franklin (revisão da edição de Johnson de 1955).
2003		Fundação do *Emily Dickinson Museum*, em Amherst, que funciona nas duas casas vizinhas, conhecidas por *The Homestead* e *The Evergreens*, onde viveu toda a família Dickinson.

UMA CASA LÁ NO ALTO

(RECRIAÇÕES)

Traduzir poesia é quase sempre uma questão de "talvez sim" e "ainda não".

Pedro Maynard

The Soul selects her own Society -
Then - shuts the Door -
To her divine Majority -
Present no more -

Unmoved - she notes the Chariots pausing
At her low Gate -
Unmoved - an Emperor be kneeling
Upon her Mat -

I've known her - from an ample nation -
Choose One -
Then - close the Valves of her attention -
Like Stone -

Her Grace is all she has -
And that, so least displays -
One Art to recognize, must be,
Another Art, to praise -

A Alma escolhe a Companhia -
E - fecha a Porta -
À sua excelsa Maioria
Já não se mostra -

Fria - ela observa as Carruagens
Parando à Entrada -
Fria - um Príncipe a ajoelhar-se
Na sua Sala -

Sei que uma viu - em meio a tantas -
Quis Essa -
Aí - fechou-se em suas Conchas -
Só Pedra -

A Graça é o que lhe resta -
E essa não quer mostrar -
Reconhecer é uma Arte,
Outra Arte - louvar -

The Murmur of a Bee
A Witchcraft - yieldeth me -
If any ask me why -
'Twere easier to die -
Than tell -

The Red upon the Hill
Taketh away my will -
If anybody sneer -
Take care - for God is here -
That's all.

The Breaking of the Day
Addeth to my Degree -
If any ask me how -
Artist - who drew me so -
Must tell!

Peace is a fiction of our Faith -

O Zumbir de uma Abelha
Um Feitiço - me deixa -
Se perguntam por quê -
Será mais fácil eu morrer -
Do que contar -

O Rubro na Colina -
Toda me desanima -
Se alguém zombando rir -
Pare - é que Deus está aqui -
Ponto final.

Quando a Manhã irrompe
Aumenta o meu Encanto -
Se o porquê quer alguém -
O Artista - que me fez assim -
É quem dirá!

A Paz é uma ficção da Fé -

The Martyr Poets - did not tell -
But wrought their Pang in syllable -
That when their mortal name be numb -
Their mortal fate - encourage Some -

The Martyr Painters - never spoke -
Bequeathing - rather - to their Work -
That when their conscious fingers cease -
Some seek in Art - the Art of Peace -

You constituted Time -
I deemed Eternity
A Revelation of Yourself -
'Twas therefore Deity

The Absolute - removed
The Relative away -
That I unto Himself adjust
My slow idolatry -

Os Poetas Mártires - nada disseram -
Mas seu Tormento em sílabas forjaram -
Para que ao cair sua mortal pena -
Seu mortal destino - incitasse Alguém -

Os Pintores Mártires - se calaram -
A própria Obra como herança - deram -
Para que ao finar a sua mão hábil -
Visse Alguém na Arte - a Arte da Paz -

Constituíste o Tempo -
Supus a Eternidade
Revelação de Ti mesmo -
Assim um Deus seria

O Absoluto - excluindo
A Relatividade -
Para que eu a Ele ajuste
A tarda idolatria -

A House upon the Height -
That Wagon never reached -
No Dead, were ever carried down -
No Peddler's Cart - approached -

Whose Chimney never smoked -
Whose Windows - Night and Morn -
Caught Sunrise first - and Sunset - last -
Then - held an Empty Pane -

Whose fate - Conjecture knew -
No other neighbor - did -
And what it was - we never lisped -
Because He - never told -

The Sweets of Pillage, can be known
To no one but the Thief -
Compassion for Integrity
Is his divinest Grief -

Uma Casa lá no Alto -
Aonde um Carro não chega -
Nunca subiu - um Ambulante -
Nenhum Defunto desceu -

A Chaminé não fumega -
As Janelas não se mostram -
Mesmo fitando - Noite e Dia -
O Nascer - e o Pôr do Sol -

Sua sorte - a Conjectura -
Que nenhum Vizinho soube -
E o que ela foi - não se adivinha -
Porque Ele - não revelou -

Só o Ladrão sabe os Encantos
Que existem no Furtar -
Ter afeição à Honestidade
É o seu maior Pesar -

I dwell in Possibility -
A fairer House than Prose -
More numerous of Windows -
Superior - for Doors -

Of Chambers as the Cedars -
Impregnable of Eye -
And for an Everlasting Roof
The Gambrels of the Sky -

Of Visitors - the fairest -
For Occupation - This -
The spreading wide of narrow Hands
To gather Paradise -

Could - I do more - for Thee -
Wert Thou a Bumble Bee -
Since for the Queen, have I -
Nought but Bouquet?

Eu moro no Possível -
Casa melhor que a Prosa -
Com muito mais Janelas -
Superior - em Portas -

De Quartos como Cedro -
Impregnáveis ao Olho -
E lá no Céu as Cumeeiras
Por Teto Duradouro -

As Visitas - tão belas -
E por Tarefa - Isto -
Abrindo as minhas Mãos delgadas
Colher o Paraíso -

Fosse Você uma Abelha -
Que mais daria a Você -
Já que eu - para a Rainha -
Só tenho um Buquê?

Forever - is composed of Nows -
'Tis not a different time -
Except for Infiniteness -
And Latitude of Home -

From this - experienced Here -
Remove the Dates - to These -
Let Months dissolve in further Months -
And Years - exhale in Years -

Without Debate - or Pause -
Or Celebrated Days -
No different Our Years would be
From Anno Domini's -

The stem of a departed Flower
Has still a silent rank.
The Bearer from an Emerald Court
Of a Dispatch of Pink.

O Para Sempre - é só Agoras -
Não é um tempo especial -
Salvo por sua Infinitude -
E a Distância do Lar -

Partindo desta experiência -
Todas as Datas remover -
Fundir os Anos noutros Anos -
Cada Mês - noutro Mês -

Sem Dissensões - ou Intervalos -
Ou Feriados a cumprir -
Iguais seriam Nossos Anos
Ao Anno Domini -

O talo de uma Flor defunta
Sem falar mostra a origem.
Traz de uma Corte de Esmeralda
Sua Rósea Mensagem.

The Service without Hope -
Is tenderest, I think -
Because 'tis unsustained
By stint - Rewarded Work -

Has impetus of Gain -
And impetus of Goal -
There is no Diligence like that
That knows not an Until -

I took one Draught of Life -
I'll tell you what I paid -
Precisely an existence -
The market price, they said.

They weighed me, Dust by Dust -
They balanced Film with Film,
Then handed me my Being's worth -
A single Dram of Heaven!

O Ofício sem Esperança -
É mais afável - eu acho -
Porque não é compelido
Por um Prêmio final -

Com o estímulo de Ganho -
E o estímulo de Meta -
Não há Esforço como esse
Que não tem um Até -

Sorvi um Trago da Vida -
E digo o que me cobraram -
Exatamente uma existência -
Pelo preço de mercado.

Pó sobre Pó me pesaram -
Pele com Pele mediram -
Meu Ser então foi estimado -
Um Gole do Paraíso!

Papa above! Regard a Mouse
O'erpowered by the Cat!
Reserve within thy kingdom
A "Mansion" for the Rat!

Snug in seraphic Cupboards
To nibble all the day
While unsuspecting Cycles
Wheel solemnly away!

Low at my problem bending,
Another problem comes -
Larger than mine - Serener -
Involving statelier sums.

I check my busy pencil -
My figures file away -
Wherefore, my baffled fingers
Thy perplexity?

Papai do Céu! Olha o Ratinho
Que é subjugado pelo Gato!
Reserva dentro do teu reino
A "Mansão" para o Rato!

Põe-no em seráficos Armários
O dia inteiro mordiscando
Enquanto os Ciclos impassíveis
Vão solenes girando!

Me curvo ante o problema,
Outro problema vem -
Maior que o meu - Mais amplo -
Maior soma contém.

Solto o meu lápis gasto -
Os números se vão -
Por que, ó pobres dedos,
A vossa indecisão?

Drama's Vitallest Expression
Is the Common Day
That arise and set about Us -
Other Tragedy

Perish in the Recitation -
This - the best enact
When the Audience is scattered
And the Boxes shut -

"Hamlet" to Himself were Hamlet -
Had not Shakespeare wrote -
Though the "Romeo" left no Record
Of his Juliet,

It were infinite enacted
In the Human Heart -
Only Theatre recorded
Owner cannot shut -

A mais viva Expressão do Drama
É o Dia a Dia
Que à nossa volta nasce e acaba -
Uma Tragédia

Perece ao ser levada à Cena -
Esta - é mais cheia
Com as Cortinas abaixadas
E sem Plateia -

"Hamlet" teria sido Hamlet
Mesmo sem Shakespeare -
"Romeu" de sua Julieta
Não saberia,

Se bem que em atração eterno
Na Alma Humana -
Teatro que não é fechado
Pelo seu Dono -

A throe upon the features -
A hurry in the breath -
An ecstasy of parting
Denominated "Death" -

An anguish at the mention
Which when to patience grown,
I've known permission given
To rejoin its own.

South Winds jostle them -
Bumblebees come -
Hover - hesitate -
Drink, and are gone -

Butterflies pause
On their passage Cashmere -
I - softly plucking,
Present them here!

Um espasmo no rosto -
Um respirar mais forte -
Uma ânsia de ruptura
Denominada "Morte" -

A angústia ao referi-la
Que quando resignar-se
É que é dada a licença
Para aos seus juntar-se.

Ventos do Sul os trazem -
Os Abelhões vêm chegando -
Pairam no ar - hesitam -
Bebem - e lá se vão -

As Borboletas pousam
Na rota da Caxemira -
Capturo-as gentilmente
Para dá-las a ti -

As if the Sea should part
And show a further Sea -
And that - a further - and the Three
But a presumption be -

Of Periods of Seas -
Unvisited of Shores -
Themselves the Verge of Seas to be -
Eternity - is Those -

Soul, wilt thou toss again?
By just such a hazard
Hundreds have lost indeed -
But tens have won an all.

Angel's breathless ballot
Lingers to record thee -
Imps in eager Caucus
Raffle for my Soul!

Como se o Mar se abrisse
E outro Mar revelasse -
E esse - mais outro - e os três só fossem
A possibilidade -

De Sequências de Mares -
Sem Praias por visita -
Às Margens de Mares vindouros -
Eternidade - é Isso -

Alma, vais jogar de novo?
Por risco semelhante
Bem que muitos já perderam -
Mas há quem ganhe.

O voto de anjos ansiosos
Tarda a apontar-te -
Diabos em louca Assembleia
Rifam minha Alma!

Long Years apart - can make no Breach
A second cannot fill -
The absence of the Witch does not
Invalidate the spell -

The embers of a Thousand Years
Uncovered by the Hand
That fondled them when they were Fire
Will stir and understand -

Delight - becomes pictorial -
When viewed through Pain -
More fair - because impossible
That any gain -

The Mountain - at a given distance -
In Amber - lies -
Approached - the Amber flits - a little -
And That's - the Skies -

Anos de ausência - cavam Brechas
Que um segundo refaz -
Se a Bruxa afasta-se o feitiço
Não vai se invalidar -

As mesmas brasas de Mil Anos
Que a Mão que as revolveu
Vinha afagar quando eram Fogo
Vão brilhar e entender -

O Prazer - faz-se pictório -
Visto através da Dor -
Mais belo - porque impossível
De alguém dispor -

A Montanha - na distância -
É Âmbar - sob um véu -
Perto - o Âmbar retrai-se - um pouco -
E isso é - o Céu -

The Soul should always stand ajar
That if the Heaven inquire
He will not be obliged to wait
Or shy of troubling Her

Depart, before the Host have slid
The Bolt unto the Door -
To search for the accomplished Guest,
Her Visitor, no more -

Could Hope inspect her Basis
Her Craft were done -
Has a fictitious Charter
Or it has none -

Balked in the vastest instance
But to renew -
Felled by but one assassin -
Prosperity -

Uma Alma deve estar aberta
Pois se o Céu visitá-la
Não vai ficar à sua espera
Nem tímido voltar

Antes que a Anfitriã retire
Da Porta o Cadeado
Para atender o Hóspede ilustre
Que nunca mais virá -

A Esperança iria embora
Se olhasse a sua Base -
Tem um Plano fictício
Ou não tem nada -

Acostumada a renovar-se
Após cada derrota -
Só teme um assassino -
A Boa Sorte -

Death is like the insect
Menacing the tree,
Competent to kill it,
But decoyed may be.

Bait it with the balsam,
Seek it with the saw,
Baffle, if it cost you
Everything you are.

Then, if it have burrowed
Out of reach of skill -
Wring the tree and leave it,
'Tis the vermin's will.

Of Nature I shall have enough
When I have entered these
Entitled to a Bumble bee's
Familiarities.

A morte é como o inseto
Que ameaça uma árvore -
É capaz de abatê-la -
Mas se pode evitar.

Enganá-lo com o visgo -
Persegui-lo com a serra -
Iludir - mesmo ao preço
De tudo o que tu és.

Porém - se o dano é fundo
Sem ter como contê-lo -
Abandona essa árvore -
Deixa o verme roer.

Muito terei da Natureza
Quando houver alcançado
Essas que ao Mangangá são dadas
Familiaridades.

He ate and drank the precious Words -
His Spirit grew robust -
He knew no more that he was poor,
Nor that his frame was Dust -

He danced along the dingy Days
And this Bequest of Wings
Was but a Book - What Liberty
A loosened spirit brings -

So gay a Flower bereaves the Mind
As if it were a Woe -
Is Beauty an Affliction - then?
Tradition ought to know -

Ele nutriu-se de Palavras -
Fez-se de Ânimo forte -
Reconheceu sua pobreza,
Aprendeu que era Pó -

Pôs-se a dançar nos Dias turvos
E essa Dádiva de Asas
Foi um Livro - que Liberdade
A Mente aberta traz -

Tão viva Flor aflige a Mente
Como uma Dor o faz -
É uma Aflição - pois - a Beleza?
A Tradição não diz -

I read my sentence - steadily -
Reviewed it with my eyes,
To see that I made no mistake
In it's extremest clause -

The Date, and manner, of the shame -
And then the Pious Form
That "God have mercy" on the Soul
The Jury voted Him -

I made my soul familiar -
With her extremity -
That at the last, it should not be
A novel Agony -

But she, and Death, acquainted -
Meet tranquilly, as friends -
Salute, and pass, without a Hint -
And there, the Matter ends -

Eu li minha sentença - fria -
Dei-lhe mais uma olhada,
Para evitar qualquer engano
Na cláusula final -

A data, e forma, da vergonha -
E o Piedoso Acordo
O "Deus a tenha" para a Alma
Que o Júri votou -

Deixei minha Alma acautelada
Da sua sorte extrema -
Para que o fim não fosse outra
Agonia também -

Mas ela e a Morte, afeiçoadas,
São tranquilas amigas -
Olá, e até, sem Cerimônias -
E a História acaba aí -

After a hundred years
Nobody knows the Place
Agony that enacted there
Motionless as Peace

Weeds triumphant ranged
Strangers strolled and spelled
At the lone Orthography
Of the Elder Dead

Winds of Summer Fields
Recollect the way -
Instinct picking up the Key
Dropped by memory

Sunset that screens, reveals -
Enhancing what we see
By menaces of Amethyst
And Moats of Mystery.

Depois de mais cem anos
Ninguém sabe o Lugar
É Paz que não se move
A Dor que ali doeu

Cresceu altiva a grama
O Estranho que foi lá
Só viu a Ortografia
De quem já faleceu

No ar do Verão o Vento
Da trilha há de lembrar
O Instinto guarda a Chave
Que a memória perdeu

O Pôr do Sol oculta e mostra -
Enfeitando o cenário
Com ameaças de Ametista
E Minas de Mistério.

The Opening and the Close
Of Being, are alike
Or differ, if they do,
As Bloom upon a Stalk

That from an equal Seed
Unto an equal Bud
Go parallel, perfected
In that they have decayed.

A Light exists in Spring
Not present on the Year
At any other period -
When March is scarcely here

A Color stands abroad
On Solitary Fields
That Science cannot overtake
But Human Nature feels.

O Abrir e o Fechar-se
Dos Seres se parecem
Ou diferem, se o fazem,
Como Botões no Pé

Que de mesma Semente
Até o mesmo Broto
Seguem juntos, completos
No que neles já foi.

Há Luz na Primavera
Que igual assim faz falta
Nas outras épocas do Ano -
Logo Março trará

Essa Cor estrangeira
Aos Solitários Campos
Que a Natureza Humana sente
Mas a Ciência não.

There is no Frigate like a Book
To take us Lands away
Nor any Coursers like a Page
Of prancing Poetry -
This Travel may the poorest take
Without oppress of Toll -
How frugal is the Chariot
That bears the Human Soul -

Morning is due to all -
To some - the Night -
To an imperial few -
The Auroral light.

Não há Fragata como um Livro
Para ver outras Terras
Nem bom Corcel como uma Página
Aos pés da Poesia -
O pobre vai por essas Rotas
Sem custos de Pedágio -
Como é singelo esse Veículo
Que o Espírito guia -

A Manhã é de todos -
A Noite - de alguns -
De poucos escolhidos -
A Auroreal luz.

I stepped from Plank to Plank
A slow and cautious way
The Stars about my Head I felt
About my Feet the Sea.

I knew not but the next
Would be my final inch -
This gave me that precarious Gait
Some call Experience.

We play at Paste -
Till qualified, for Pearl -
Then, drop the Paste -
And deem ourself a fool -

The Shapes - though - were similar -
And our new Hands
Learned Gem-Tactics -
Practicing Sands -

De Prancha em Prancha eu ia
Atenta e devagar
Sobre a Cabeça havia Estrelas
Sob os Pés o Mar.

Sabia que uma polegada
Podia ser meu fim -
Experiência é o Passo incerto
Que aprendi assim.

Brincamos com Vidrilhos -
Até com Pérolas lidarmos -
Aí, deixamos os Vidrilhos -
E tolos nos achamos -

Mas a Forma - era a mesma -
E a nossa Mão ligeira
Pegou a Arte das Joias -
Praticando na Areia -

When Diamonds are a Legend,
And Diadems - a Tale -
I Brooch and Earrings for Myself,
Do sow, and Raise for sale -

And tho' I'm scarce accounted,
My Art, a Summer Day -
Had Patrons - Once - it was a Queen -
And once - a Butterfly -

If my Bark sink
'Tis to another sea -
Mortality's Ground Floor
Is Immortality -

Já serão Lenda os Diamantes
E as Coroas - Mentira -
Quando eu criar Broches e Brincos
Para vender lá fora -

Minha Arte teve um belo Dia -
Embora tão discreta -
Duas Patronas - uma era a Rainha -
Outra - a Borboleta -

Se meu Barco afundar
Vai ser em outro mar -
O Térreo do que é Mortal
É o Imortal -

Heart! We will forget him!
You and I - tonight!
You may forget the warmth he gave -
I will forget the light!

When you have done, pray tell me
That I may straight begin!
Haste! lest while you're lagging
I remember him!

That Distance was between Us
That is not of Mile or Main -
The Will it is that situates -
Equator - never can -

Esta noite o esqueceremos!
Eu e tu - Coração!
Esquecerás os seus carinhos -
Eu minha paixão!

Fico à espera que termines -
Não deixes de avisar!
Apressa-te! pois se demoras
Volto a me lembrar!

Entre Nós estava a Distância
Que não era de Milha ou Mar -
Só a Vontade é que situa -
O Equador - jamais -

She died - this was the way she died.
And when her breath was done
Took up her simple wardrobe
And started for the sun.
Her little figure at the gate
The Angels must have spied,
Since I could never find her
Upon the mortal side.

The gleam of an heroic Act
Such strange illumination
The Possible's slow fuse is lit
By the Imagination.

Ela morreu - assim ela morreu -
E quando o ar lhe foi embora
Vestiu-se em roupas simples
E partiu para o sol.
Seu vulto perto do portão
Os anjos devem ter notado -
Pois nunca a vi de novo
Aqui entre mortais.

O brilho de um Ato heroico
Estranha iluminação
O fio do Possível é aceso
Pela Imaginação.

What tenements of clover
Are fitting for the bee,
What edifices azure
For butterflies and me -
What residences nimble
Arise and evanesce
Without a rhythmic rumor
Or an assaulting guess.

Many cross the Rhine
In this cup of mine.
Sip old Frankfort air
From my brown Cigar.

Que palácios de trevos
À abelha são propícios,
Que prédios azulados
À borboleta e a mim -
Que etéreas moradias
Se elevam e se esvaem
Sem rítmicos rumores
Ou súbita atenção.

Pelo Reno há quem passe
Ao sorver minha taça,
Quem trague em meu charuto
Os ares de Frankfurt.

Volcanoes be in Sicily
And South America
I judge from my Geography -
Volcanoes nearer here
A Lava step at any time
Am I inclined to climb -
A Crater I may contemplate
Vesuvius at Home.

The thought beneath so slight a film -
Is more distinctly seen -
As laces just reveal the surge -
Or Mists - the Apennine

Vulcões existem na Sicília
E América do Sul
Assim me diz a Geografia -
Perto daqui Vulcões
Um chão de Lava a toda hora
Quando quero subir -
Posso enxergar uma Cratera
O Vesúvio no Lar.

Mais se revela o pensamento -
Por entre véus tão finos -
Como uma renda mostra anseios -
A Névoa - os Apeninos

Who is the East?
The Yellow Man
Who may be Purple if he can
That carries in the Sun.

Who is the West?
The Purple Man
Who may be Yellow if he can
That lets him out again.

Soto! Explore thyself!
Therein thyself shalt find
The "Undiscovered Continent" -
No settler had the Mind.

Quem é o Leste?
O Homem de Amarelo
Que usa Vermelho quando pode
E traz o Sol nas costas.

Quem é o Oeste?
O Homem de Vermelho
Que usa Amarelo quando pode
E leva o Sol de volta.

Soto! Explora a ti mesmo!
Em ti está guardada
Essa "Terra Desconhecida" -
A Mente é inabitada.

There's a certain Slant of light,
Winter Afternoons -
That oppresses, like the Heft
Of Cathedral Tunes -

Heavenly Hurt, it gives us -
We can find no scar,
But internal difference,
Where the Meanings, are -

None may teach it - Any -
'Tis the Seal Despair -
An imperial affliction
Sent us of the Air -

When it comes, the Landscape listens -
Shadows - hold their breath -
When it goes, 'tis like the Distance
On the look of Death -

A luz tem certa Obliquidade
Nas Tardes Hibernais
Que nos oprime, como o peso
De Sons de Catedrais -

Fere com Celeste Chaga -
Não se vê cicatriz -
Mas onde estão os Sentidos
Um íntimo matiz -

É o Selo do Desespero -
Não o explica - Ninguém -
Uma imperial angústia
Que pelo Ar nos vem -

Chega - a Paisagem fica à escuta -
As Sombras - a arquejar -
Parte - é assim como na Distância
A Morte a nos mirar -

There's something quieter than sleep
Within this inner room.
It wears a sprig upon its breast -
And will not tell its name.

Some touch it, and some kiss it -
Some chafe its idle hand -
It has a simple gravity
I do not understand.

I would not weep if I were they -
How rude in one to sob!
Might scare the quiet fairy
Back to her native wood!

While simple-hearted neighbors
Chat of the "Early dead" -
We - prone to periphrasis,
Remark that Birds have fled.

Há algo mais calmo do que o sono
Neste quarto sem luz.
Ele usa um ramo sobre o peito -
E seu nome não diz.

Vêm uns tocá-lo, outros o beijam -
Tomam-lhe a fria mão -
No aspecto dele eu não entendo
A calma introspecção.

No lugar deles não chorava -
Como é feio gemer!
Pode assustar seres do bosque
E fazê-los voltar!

Enquanto os bons vizinhos falam
Do "Jovem no caixão" -
Dada a perífrases, observo
Que as Aves já se vão.

Of Tolling Bell I ask the cause?
"A Soul has gone to Heaven"
I'm answered in a lonesome tone -
Is Heaven then a Prison?

That Bells should ring till all should know
A Soul had gone to Heaven
Would seem to me the more the way
A Good News should be given.

Its little Ether Hood
Doth sit upon its Head -
The millinery supple
Of the sagacious God -

Till when it slip away
A nothing at a time -
And Dandelion's Drama
Expires in a stem.

Pergunto - o Sino por que dobra?
"Uma Alma ao Céu subiu"
Em tom perdido me respondem -
E é uma Prisão o Céu?

Fazer saber o Sino a todos
Uma Alma ao Céu subiu
Parece que é a Boa Nova
Que melhor já se deu.

É de Éter sobre a Testa
Seu pequeno Capuz -
Macia a indumentária
Desse Deus rufião -

Até que ao desmanchar-se
Um nada a cada vez -
No talo acaba o Drama
Do Dente-de-Leão.

If I should cease to bring a Rose
Upon a festal day,
'Twill be because beyond the Rose
I have been called away -

If I should cease to take the names
My buds commemorate -
'Twill be because Death's finger
Clasps my murmuring lip!

We introduce ourselves
To Planets and to Flowers
But with ourselves have etiquettes
Embarrassments and awes

Se eu não puder levar a Rosa
Para um dia festivo
Será porque - além da Rosa -
Eu tive de partir -

Se eu não puder dizer os nomes
Que a minha flor evoca
Será porque da Morte o dedo
Me tapa a débil voz!

Nós nos apresentamos
Aos Planetas e às Flores
Porém conosco temos etiquetas
Dúvidas e temores

Not any higher stands the Grave
For Heroes than for Men -
Not any nearer for the Child
Than numb Three Score and Ten -

This latest Leisure equal lulls
The Beggar and his Queen
Propitiate this Democrat
A Summer's Afternoon -

I think that the Root of the Wind is Water -
It would not sound so deep
Were it a Firmamental Product -
Airs no Oceans keep -
Mediterranean intonations -
To a Current's Ear -
There is a maritime conviction
In the Atmosphere -

Não ficará mais alta a Cova
Dos Heróis do que a minha -
Nem mais próxima da Criança
Do que de um Setentão -

Igual embala o último Leito
Ao Mendigo e à Rainha -
Democrata que se apresenta
Em Tarde de Verão -

Acho que a Raiz do Vento é a Água -
Não soaria ele tão fundo
Se fosse um produto do Céu -
Ares o Mar não prende -
Entoações Mediterrâneas -
Para o Ouvido da Correnteza -
Há uma marítima convicção
Na Atmosfera -

Oh Future! thou secreted peace
Or subterranean Woe -
Is there no wandering route of grace
That leads away from thee -
No circuit sage of all the course
Descried by cunning Men
To balk thee of thy sacred Prey -
Advancing to thy Den -

If recollecting were forgetting,
Then I remember not.
And if forgetting, recollecting,
How near I had forgot.
And if to miss, were merry,
And to mourn, were gay,
How very blithe the fingers
That gathered this, Today!

Ó Futuro - paz escondida
Ou subterrânea Dor -
Teria a graça outro caminho
Que se afaste de ti -
Outro percurso em toda a rota
Será que alguém achou
Para que as tuas Vítimas eleitas
Fujam do teu Covil -

Fosse a lembrança esquecimento
Eu não me lembraria
E esquecimento, uma lembrança,
Quase iria esquecer
E se perder fosse uma festa,
Fosse o luto alegria,
Feliz a mão que tudo isto
Hoje pôde colher!

Once more, my now bewildered Dove
Bestirs her puzzled wings
Once more, her mistress, on the deep
Her troubled question flings -

Thrice to the floating casement
The Patriarch's bird returned,
Courage! My brave Columba!
There may yet be Land

A word is dead
When it is said,
Some say.
I say it just
Begins to live
That day.

Outra vez a Pomba aflita
Abre as asas perplexas
Outra vez, no mar, a dona
Em dúvidas se perde -

A ave do Patriarca
Foi e voltou três vezes
Ânimo! Brava Paloma!
A Terra ainda chega

Morre a palavra
Ao ser falada,
Já se disse.
Mas eu diria
Que nesse dia
Ela nasce.

Talk with prudence to a Beggar
Of "Potosi," and the mines!
Reverently, to the Hungry
Of your viands, and your wines!

Cautious, hint to any Captive
You have passed enfranchised feet!
Anecdotes of air in Dungeons
Have sometimes proved deadly sweet!

The Past is such a curious Creature
To look her in the Face
A Transport may receipt us
Or a Disgrace -

Unarmed if any meet her
I charge him fly
Her faded Ammunition
Might yet reply.

Fala ao Mendigo com tato
De Potosi e outras minas -
Ao Faminto com respeito
De tuas carnes e vinhos -

Fala com jeito ao Cativo
De pés que viste correndo -
Trazer o ar à Masmorra
Pode matar de repente -

É um Ser excêntrico o Passado
Seu Semblante encarar
Pode algum súbito Prazer
Ou Vergonha causar -

Se desarmado alguém o encontra
Recomendo fugir
Sua estragada Munição
Pode ainda ferir.

Where I am not afraid to go
I may confide my Flower -
Who was not Enemy of Me
Will gentle be, to Her.

Nor separate, Herself and Me
By Distances become -
A single Bloom we constitute
Departed, or at Home -

Here, where the Daisies fit my Head
'Tis easiest to lie
And every Grass that plays outside
Is sorry, some, for me.

Confio à minha Flor lugares
Aonde eu já não vou -
Quem nunca foi meu Inimigo
Vai lhe dar seu amor.

As Distâncias a Mim e a Ela
Não nos separam mais -
Um só Botão constituímos
Dentro e fora do Lar -

Aqui me enfeita a Margarida
E é bom para dormir -
A Relva que lá fora brinca
Sente pena de mim.

Although I put away his life -
An Ornament too grand
For Forehead low as mine, to wear,
This might have been the Hand

That sowed the flower, he preferred -
Or smoothed a homely pain,
Or pushed the pebble from his path -
Or played his chosen tune -

On Lute the least - the latest -
But just his Ear could know
That whatsoe'er delighted it,
I never would let go -

The foot to bear his errand -
A little Boot I know -
Would leap abroad like Antelope -
With just the grant to do -

His weariest Commandment -
A sweeter to obey,
Than "Hide and Seek" - or skip to Flutes -
Or all Day, chase the Bee -

Your Servant, Sir, will weary -
The Surgeon, will not come -
The World, will have its own - to do -
The Dust, will vex your Fame -

The Cold will force your tightest door
Some February Day,

Mesmo ao sair de sua vida -
Ornato muito grande
Em minha Fronte tão modesta -
Poderia esta Mão

Plantar a flor que ele mais ama -
Cuidar dos seus achaques -
Tirar-lhe as pedras do caminho -
Sua canção tocar -

Em lento - lânguido - Alaúde -
Saiba ele - me ouvindo -
Que qualquer coisa que lhe agrade
Ele a terá de mim -

Os pés de pequeninas Botas -
Em pulos de Gazela -
Irão levar os seus recados
Sempre que ele quiser -

Melhor cumprir obediente
Todas as suas Ordens -
Do que brincar - com outras crianças -
Do que bailar - a sós -

Vai se esvair a tua Serva
Sem remédio e repouso -
Nem notará o Mundo quando
Tua Fama se for -

O Frio irá bater à porta
Ao chegar Fevereiro -

But say my apron bring the sticks
To make your Cottage gay -

That I may take that promise
To Paradise, with me -
To teach the Angels, avarice,
You, Sir, taught first - to me.

Mas no avental trarei a lenha
Que te irá aquecer -

Quero levar esta promessa
Comigo - ao Paraíso -
Dizer aos Anjos a avareza
Que contigo aprendi.

Summer for thee, grant I may be
When Summer days are flown!
Thy music still, when Whippowil
And Oriole - are done!

For thee to bloom, I'll skip the tomb
And sow my blossoms o'er!
Pray gather me - Anemone -
Thy flower - forevermore!

Blossoms will run away,
Cakes reign but a Day,
But Memory like Melody
Is pink Eternally.

Fosse eu então o teu Verão,
Quando o Verão acabar!
Fazer aqui o Bem-te-Vi
E o Papa-Figo cantar!

O broto meu, ao lado teu,
Fora da cova acharás -
Ao teu dispor - a eterna flor -
Anêmona - colherás!

Botões de Flores se acabam,
Bolos reinam por um Dia,
Mas cor-de-rosa Eternamente
São Memória e Melodia.

Let me not mar that perfect Dream
By an Auroral stain
But so adjust my daily Night
That it will come again.

Not when we know, the Power accosts -
The Garment of Surprise
Was all our timid Mother wore
At Home - in Paradise.

I bet with every wind that blew
Till Nature in chagrin
Employed a Fact to visit me
And scuttle my Balloon.

Não se desfaça este áureo Sonho
Numa Aurora manchada
Mas dê-se à Noite dos meus dias
Para outra vez voltar.

Sem que se saiba o Poder chega -
No Lar - no Paraíso
Nossa tímida Mãe somente
A Surpresa vestiu -

Desafiei todos os ventos
Até que uma Lição
Me deu irada a Natureza
E furou meu Balão.

I see thee better - in the Dark -
I do not need a Light -
The Love of Thee - a Prism be -
Excelling Violet -

I see thee better for the Years
That pile themselves - between -
The Miner's Lamp - sufficient be -
To nullify the Mine -

And in the Grave - I see Thee best -
It's little Panels be
Aglow - All ruddy - with the Light
I held so high, for Thee -

What need of Day - to Those whose Dark -
Hath so - surpassing Sun -
It deem it be - Continually -
At the Meridian?

Melhor te vejo - no Escuro -
A Luz não me faz falta -
O Amor a Ti - é como um Prisma -
Em tons de Violeta -

Melhor te vejo pelos Anos
Que no meio - se empilham -
Basta a Lanterna - do Mineiro -
Para esgotar a Mina -

E mais na Cova - é que te vejo -
Os seus Vidros são puros -
De Luz - vermelha - com o Brilho
Que para Ti empunho -

Que serve o Dia - a quem na Treva
Tem um Sol formidando -
Que é como estar - Continuamente -
Sobre o Meridiano?

The Voice that stands for Floods to me
Is sterile borne to some -
The Face that makes the Morning mean
Glows impotent on them -

What difference in Substance lies
That what is Sum to me
By other Financiers be deemed
Exclusive Property!

By a departing light
We see acuter, quite,
Than by a wick that stays.
There's something in the flight
That clarifies the sight
And decks the rays.

A Voz que é para mim Enchente
Para alguns é regato -
Esses não veem desvelar-se
A Face da Manhã -

Que diferença há na Substância
Se o que tenho por Soma
É para outros Financistas
Um Patrimônio só!

Um mortiço clarão
Dá melhor percepção
Que uma vela acesa.
Há algo no que é vão
Que ilumina a visão
E lhe dá beleza.

Pain - has an Element of Blank -
It cannot recollect
When it begun - or if there were
A time when it was not -

It has no Future - but itself -
Its Infinite contain
Its Past - enlightened to perceive
New Periods - of Pain.

Sometimes with the Heart
Seldom with the Soul
Scarcer once with the Might
Few - love at all.

A Dor - tem Algo de Vazio -
Não pode pressupor
O seu início - ou se no tempo
Chegou a não haver -

Não tem Futuro - a não ser ela -
Seu Infinito a conter
O seu Passado - compreende
Novas Eras - de Dor.

Com o Coração às vezes
Raramente com a Alma
Quase nunca com a Força
Poucos - hão de amar.

The Props assist the House
Until the House is built
And then the Props withdraw
And adequate - erect -
The House support itself
And cease to recollect
The Auger and the Carpenter -
Just such a retrospect
Hath the perfected Life -
A past of Plank and Nail
And slowness - then the Scaffolds drop
Affirming it a Soul.

Falsehood of Thee could I suppose
'Twould undermine the Sill
To which my Faith pinned Block by Block
Her Cedar Citadel.

A Escora ajuda a Casa
Até que a Casa é feita -
E então se vai a Escora
E construída - ereta -
A Casa em si se apoia
E não lembra direito
Do Carpinteiro e da Verruma -
É esse o retrospecto
Da Vida até seu termo -
Passado em Prego e Tábua
E em inação - e cai o Andaime
Fazendo dela uma Alma -

Se em Ti eu admitisse Falsidade
Se abalaria a Pedra
Sobre a qual minha Fé fez Bloco a Bloco
Sua Cela de Cedro.

As by the dead we love to sit,
Become so wondrous dear -
As for the lost we grapple
Tho' all the rest are here -

In broken mathematics
We estimate our prize
Vast - in its fading ration
To our penurious eyes!

A Route of Evanescence
With a revolving Wheel -
A Resonance of Emerald -
A Rush of Cochineal -
And every Blossom on the Bush
Adjusts its tumbled Head -
The mail from Tunis, probably,
An easy Morning's Ride -

Por ser tão bom velar os mortos
Cada vez mais queridos -
Por defendermos os que foram
Não os que estão aqui -

Em matemática ligeira
Orçamos nossa paga
Vultosa - enquanto ela se escoa
Ante o mísero olhar!

Uma Rota de Evanescência
Em inquieta Propulsão -
A Ressonância da Esmeralda -
A Explosão do Carmim -
E cada Flor pelos Canteiros
Ergue-se em sua Direção -
Talvez o arauto Matinal de Túnis
Em Giro à toa assim -

The first Day's Night had come -
And grateful that a thing
So terrible - had been endured -
I told my Soul to sing -

She said her Strings were snapt -
Her Bow - to Atoms blown -
And so to mend her - gave me work
Until another Morn -

And then - a Day as huge
As Yesterdays in pairs,
Unrolled its horror in my face -
Until it blocked my eyes -

My Brain - begun to laugh -
I mumbled - like a fool -
And tho' 'tis Years ago - that Day -
My Brain keeps giggling - still.

And Something's odd - within -
That person that I was -
And this One - do not feel the same -
Could it be Madness - this?

Na Noite do primeiro Dia -
Como grata estivesse -
Pedi - após tão duro transe -
À Alma que cantasse -

Ela mostrou-me as Cordas rotas
E a Lira - destruída -
E a consertá-la - eu ocupei-me
Até de Madrugada -

E aí então - um Dia enorme
Como Ontens aos pares -
Ante os meus olhos obstruídos
Desfiou seus horrores -

O meu Cérebro - gargalhava -
Eu - boba - resmungando -
Há Anos foi-se - aquele Dia -
E Ele ainda está rindo -

E Algo parece estranho - dentro -
O meu antigo rosto
E Este - não são a mesma coisa -
Será Loucura - isto?

We do not know the time we lose -
The awful moment is
And takes its fundamental place
Among the certainties -

A firm appearance still inflates
The card - the chance - the friend -
The spectre of solidities
Whose substances are sand -

The longest day that God appoints
Will finish with the sun.
Anguish can travel to its stake,
And then it must return.

O tempo foge e ninguém nota -
Há as sinistras pausas
Que têm lugar assegurado
No meio das certezas -

Firme aparência ainda inspiram
O amigo - a sorte - as cartas -
O espectro dessas seguranças
Que de areia são feitas -

O dia que Deus quer mais longo
Com o sol há de findar.
A Angústia chega ao cadafalso
E então tem de voltar.

Heaven is so far of the Mind
That were the Mind dissolved -
The Site - of it - by Architect
Could not again be proved -

'Tis vast - as our Capacity -
As fair - as our idea -
To Him of adequate desire
No further 'tis, than Here -

You left me - Sire - two Legacies -
A Legacy of Love
A Heavenly Father would suffice
Had He the offer of -

You left me Boundaries of Pain -
Capacious as the Sea -
Between Eternity and Time -
Your Consciousness - and Me -

Tanto é o Céu longe da Mente
Que fosse a Mente dissolvida
Não poderia um Arquiteto
Remarcar seu Lugar -

É grande - como nossa Força -
É belo - como nossa ideia -
Para quem faz por merecê-lo
Aqui mesmo ele está -

Deixaste-me dois Legados -
Um Legado de Amor
Que a Deus no Céu serviria
Fosse Presente teu -

Da Dor me deste as Fronteiras -
Tão amplas como o Mar -
Entre a Eternidade e o Tempo -
A tua Mente - e Eu -

Hope is a strange invention -
A Patent of the Heart -
In unremitting action
Yet never wearing out -

Of this electric Adjunct
Not anything is known
But its unique momentum
Embellish all we own -

How brittle are the Piers
On which our Faith doth tread -
No Bridge below doth totter so -
Yet none hath such a Crowd.

Estranho invento é a Esperança -
Do Coração uma Patente -
Nunca mostra desgaste
Sua ação persistente.

Sobre esse elétrico Acessório
Muita coisa é desconhecida
Mas seu vivaz impulso
Enfeita-nos a vida.

Como são frágeis as Pilastras
Em que a Fé se baseia -
Nenhuma Ponte treme tanto -
E nenhuma é tão cheia.

There is a finished feeling
Experienced at Graves -
A leisure of the Future -
A Wilderness of Size.

By Death's bold Exhibition
Preciser what we are
And the Eternal function
Enabled to infer.

The Sun is one - and on the Tare
He doth as punctual call
As on the conscientious Flower
And estimates them all -

Uma noção de coisa finda
Nas Covas é captada -
Um não ligar para o Futuro -
Um Ermo de Medida.

Ao exibir-se audaz a Morte
O que a rigor nós somos
E a nossa serventia Eterna
Afinal inferimos.

O Sol é um - e para a Relva
Chega tão pontual
Como para uma Flor atenta
E vê todos igual -

You're right - "the way is narrow" -
And "difficult the Gate" -
And "few there be" - Correct again -
That "enter in - thereat" -

'Tis Costly - So are purples!
'Tis just the price of Breath -
With but the "Discount" of the Grave -
Termed by the Brokers - "Death"!

And after that - there's Heaven -
The Good Man's - "Dividend" -
And Bad Men - "go to Jail" -
I guess -

Witchcraft has not a Pedigree
'Tis early as our Breath
And mourners meet it going out
The moment of our death -

Certo - "o caminho é estreito" -
"Bem guardado o Portão" -
E "poucos" - certo - os "escolhidos"
Que "até lá - chegarão" -

É caro - como a seda!
É o preço do Ar - O Corretor
Só dá "Desconto" à Cova -
"Morte" - ou o que for!

E os Bons terão - o Paraíso -
O "Dividendo" - enfim -
E os Maus - "irão para a Cadeia" -
Acho eu -

A Bruxaria não tem Berço
É velha como a Vida
E quem nos vela a vê saindo
Na hora da partida -

That short - potential stir
That each can make but once -
That Bustle so illustrious
'Tis almost Consequence -

Is the eclat of Death -
Oh, thou unknown Renown
That not a Beggar would accept
Had he the power to spurn -

Some Wretched creature, savior take
Who would exult to die
And leave for thy sweet mercy's sake
Another Hour to me

Uma súbita força
Uma só vez nos toma -
Uma Algazarra tão notável
Quase efeito será -

É o aplauso da Morte -
Oh, essa Fama infame
Nem um Mendigo aceitaria
Se pudesse evitar -

Toma de alguém que na desgraça
A Morte implora
E dá-me, ó meu Senhor, de graça
Mais uma Hora

Alter! When the Hills do -
Falter! When the Sun
Question if His Glory
Be the Perfect One -

Surfeit! When the Daffodil
Doth of the Dew -
Even as Herself - Sir -
I will - of You -

Ribbons of the Year -
Multitude Brocade -
Worn to Nature's Party once
Then, as flung aside
As a faded Bead
Or a Wrinkled Pearl
Who shall charge the Vanity
Of the Maker's Girl?

Voltar? Só depois dos Montes -
Faltar? Só depois que o Sol
Negar a Glória de ser
A Perfeição em Si -

Cansar! Só quando o Narciso
Do Orvalho se fartar -
Então como Ele - Senhor -
Me cansarei - de Ti -

As fitas de um Ano -
Milhões de Brocados -
Postos na Festa da Natureza
E aí desprezados
Como Conta gasta
Ou Pérola Rota
Quem ao Criador diz a Vaidade
Da sua Garota?

My nosegays are for Captives -
Dim - long expectant eyes -
Fingers denied the plucking,
Patient till Paradise -

To such, if they sh'd whisper
Of morning and the moor -
They bear no other errand,
And I, no other prayer.

The rainbow never tells me
That gust and storm are by,
Yet is she more convincing
Than Philosophy.

My flowers turn from Forums -
Yet eloquent declare
What Cato couldn't prove me
Except the birds were here!

Os meus buquês são dos Cativos -
Olhos turvos que velam -
Mãos que não colhem nada,
Sempre à espera do Céu -

Aos quais, se falam num sussurro
Da manhã e do campo -
Não têm outra mensagem,
Nem eu, outra oração.

O arco-íris não me fala
Que se foi o mau tempo
Mas mais do que a Filosofia
Ele é convincente.

Minhas flores não vão ao Fórum -
Mas firmes me declaram
O que Catão só provaria
Se as aves voltassem.

The Bee is not afraid of me.
I know the Butterfly -
The pretty people in the Woods
Receive me cordially -

The Brooks laugh louder when I come -
The Breezes madder play,
Wherefore mine eye thy silver mists,
Wherefore, Oh Summer's Day?

To hang our head - ostensibly -
And subsequent, to find
That such was not the posture
Of our immortal mind -

Affords the sly presumption
That in so dense a fuzz -
You - too - take Cobweb attitudes
Upon a plane of Gauze!

A Abelha não me tem receio -
Conheço a Borboleta -
Os belos seres destes Bosques
Me veem com prazer -

Canta o Regato quando eu passo -
Feliz a Brisa dança -
Oh mas por que meu olho turvas,
Oh Dia de Verão?

Curvar - em público - a cabeça
E então assegurar-se
Que isto não era o que faria
Nossa alma imortal -

Conduz-nos à sutil suspeita
De que em tão densa névoa
Ficas - também - te disfarçando
Numa trama de véus!

I felt a Cleaving in my Mind -
As if my Brain had split -
I tried to match it - Seam by Seam -
But could not make it fit.

The thought behind, I strove to join
Unto the thought before -
But Sequence ravelled out of Sound
Like Balls - upon a Floor.

I see thee clearer for the Grave
That took thy face between
No Mirror could illumine thee
Like that impassive stone -

I know thee better for the Act
That made thee first unknown
The stature of the empty nest
Attests the Bird that's gone.

Senti rachar a minha Mente -
Meu Cérebro partiu-se -
Tentei ligar - Ponto por Ponto -
Mas nada mais se uniu.

À ideia atrás quis dar Sequência
À outra - após - juntando -
Porém os Fios se espalharam -
Em Novelos - no Chão.

Melhor te vejo pela Tumba
Que encobriu o teu rosto
Nenhum Espelho te ilumina
Como essa pedra imóvel -

Mais te conheço pelo Ato
Que então te fez ignoto
Um ninho já vazio atesta
Que Ave foi embora.

Let down the bars, oh Death -
The tired flocks come in
Whose bleating ceases to repeat
Whose wandering is done -

Thine is the stillest night
Thine the securest fold
Too near thou art for seeking thee
Too tender, to be told.

To die - without the dying
And live - without the life -
This is the hardest miracle
Propounded to Belief.

Baixa as traves, ó Morte -
As ovelhas chegaram
Cessando exaustas o balido
No final da jornada -

Mais calma é a tua noite
Mais firme o teu aprisco
Tão perto estás que não te buscam
Tão sutil não te dizem.

Morrer - sem ficar morto
E sem vida - viver -
Este é o milagre mais difícil
Para a Fé resolver.

Of God we ask one favor,
That we may be forgiven -
For what, he is presumed to know -
The Crime, from us, is hidden -
Immured the whole of Life
Within a magic Prison
We reprimand the Happiness
That too competes with Heaven.

God made no act without a cause,
Nor heart without an aim,
Our inference is premature,
Our premises to blame.

A Deus nós imploramos
O favor do Perdão -
Por quê, só ele sabe o Crime -
De nós o escondeu -
Trancados nesta Vida
Em mágica Prisão
Repreendemos a Felicidade
Por afrontar o Céu.

Deus tudo fez por um motivo,
E um plano deu às almas,
Nossa inferência é prematura,
Nossas premissas falsas.

Eden is that old-fashioned House
We dwell in every day,
Without suspecting our abode
Until we drive away.

How fair, on looking back, the Day
We sauntered from the Door,
Unconscious our returning
Discover it no more.

An Everywhere of Silver
With Ropes of Sand
To keep it from effacing
The Track called Land.

O Éden é aquela velha Casa
Que ocupamos na vida
E não se dá por residência
Até nossa partida.

Tão belo o Dia, na lembrança,
Que da Porta nos vamos -
Sem darmos conta do retorno
Nunca mais a achamos.

Um Não-Acabar de Prata
Na Areia se amarra
Para evitar que destrua
A Trilha de Terra.

'Tis Sunrise - Little Maid - Hast Thou
No Station in the Day?
'Twas not thy wont, to hinder so -
Retrieve thine industry -

'Tis Noon - My little Maid - Alas -
And art thou sleeping yet?
The Lily - waiting to be Wed -
The Bee - Hast thou forgot?

My little Maid - 'Tis Night - Alas
That Night should be to thee
Instead of Morning - Had'st thou broached
Thy little Plan to Die -
Dissuade thee, if I could not, Sweet,
I might have aided - thee -

Experiment escorts us last -
His pungent company
Will not allow an Axiom
An Opportunity

É Manhã - minha Virgem - Nada
Vais fazer neste Dia?
Não costumavas atrasar-te -
Volta à tarefa tua -

É Meio-Dia - minha Virgem -
Ai - e não acordaste?
O Lírio - aguarda o Casamento -
A Abelha - já esqueceste?

Minha Virgem - É Noite - Agora
Ai a Noite a cobrir-te
Não a Manhã - Tivesses feito
O teu Plano de Morte -
Se dissuadir-te eu não pudesse
Poderia - ajudar-te -

No fim nos guia a Experiência -
Sua acerba amizade
Não há de dar a um Axioma
Uma Oportunidade

I Came to buy a smile - today -
But just a single smile -
The smallest one upon your face
Will suit me just as well -
The one that no one else would miss
It shone so very small -
I'm pleading at the "counter" - sir -
Could you afford to sell -

I've Diamonds - on my fingers -
You know what Diamonds are?
I've Rubies - like the Evening Blood -
And Topaz - like the star!
'Twould be "a Bargain" for a Jew!
Say - may I have it - Sir?

I sued the News - yet feared - the News
That such a Realm could be -
"The House not made with Hands" it was -
Thrown open wide to me -

Eu vim comprar hoje um sorriso -
Um só eu vou querer -
Me servirá o menorzinho
Que houver no rosto teu -
Esse que tão pequeno brilha
Todos o têm por seu -
Venho ao "balcão" - senhor - comprar-te
Se quiseres vender -

Trago nos dedos - Diamantes -
Sabes bem o que são?
Rubis - como o Sangue da Tarde -
E um Topázio - na mão!
Para um Judeu é uma "Barganha"!
Vais me vender ou não?

Queria as Novas - mas temia - as Novas
Que houvesse um Reino assim -
"A Casa que por Mãos não foi erguida" -
Escancarada para mim -

I've nothing else - to bring, You know -
So I keep bringing These -
Just as the Night keeps fetching Stars
To our familiar eyes -

Maybe, we shouldn't mind them -
Unless they didn't come -
Then - maybe, it would puzzle us
To find our way Home -

If I shouldn't be alive
When the Robins come,
Give the one in Red Cravat,
A Memorial crumb.

If I couldn't thank you,
Being fast asleep,
You will know I'm trying
Why my Granite lip!

Sabes que mais - não posso dar-te -
Por isso o mesmo trago -
Como a Noite que traz Estrelas
Para o crédulo olhar -

Talvez nem déssemos por elas -
A não ser que faltassem -
Então - talvez - fosse difícil
Achar o próprio Lar -

Se eu não estiver viva
Quando os Tordos voltarem,
Ao de Gravata Rubra
Peço do pão lhe darem.

Se não agradecer-lhes,
Em meu sono contrito,
Saibam que estou tentando
Com lábio de Granito.

"Hope" is the thing with feathers -
That perches in the soul -
And sings the tune without the words -
And never stops - at all -

And sweetest - in the Gale - is heard -
And sore must be the storm -
That could abash the little Bird
That kept so many warm -

I've heard it in the chillest land -
And on the strangest Sea -
Yet, never, in Extremity,
It asked a crumb - of Me.

It stole along so stealthy
Suspicion it was done
Was dim as to the wealthy
Beginning not to own -

A “Esperança” é o ser de plumas
Que pousa em nossa Alma -
E solta um canto sem palavras -
E não para - jamais -

E ao vendaval - fala mais doce -
E é o temporal mais crespo
Que há de calar o Passarinho
Que a tantos aqueceu -

Ouvi-o nas mais frias terras -
Nos Mares mais estranhos -
Mas nunca, na maior Miséria,
Me pediu - do meu pão.

Fanou-se tão furtivo
Que notar o que fez
Foi tênue como ao rico
Começar a não ter -

She died at play, gambolled away
Her lease of spotted hours,
Then sank as gaily as a Turk
Upon a Couch of flowers.

Her ghost strolled softly o'er the hill
Yesterday, and Today,
Her vestments as the silver fleece -
Her countenance as spray.

He was my host - he was my guest,
I never to this day
If I invited him could tell,
Or he invited me.

So infinite our intercourse
So intimate, indeed,
Analysis as capsule seemed
To keeper of the seed.

Ela morreu desperdiçando
Seu aluguel das horas -
Jogou-se como uma Odalisca
Em um Divã de flores.

O seu espírito há dois dias
Vaga pela montanha -
Prata na lã de suas vestes -
Um sopro a sua face.

Era meu anfitrião e hóspede -
Nunca tive certeza
Se coube a ele convidar-me,
Ou eu o convidei.

Tão infinito o nosso vínculo
Tão íntimo, de fato,
Como semente que guardada
Numa cápsula está.

Shall I take thee, the Poet said
To the propounded word?
Be stationed with the Candidates
Till I have finer tried -

The Poet searched Philology
And when about to ring
For the suspended Candidate
There came unsummoned in -

That portion of the Vision
The Word applied to fill
Not unto nomination
The Cherubim reveal -

Some Days retired from the rest
In soft distinction lie
The Day that a Companion came
Or was obliged to die

Devo usar-te? Disse o Poeta
À palavra proposta -
Fica com as outras Candidatas
Que vou pensar melhor -

Valeu-se da Filologia
E quando enfim dispôs-se
A recorrer à Candidata
Sem ser chamada entrou

Essa porção da Fantasia
Adequada à Palavra
Que por indicação os Anjos
Vieram revelar -

Há Dias que distintos de outros
Mais caros hão de ser
O Dia em que um Amigo veio
Ou teve de morrer

Finding is the first Act
The second, loss,
Third, Expedition for
The "Golden Fleece"

Fourth, no Discovery -
Fifth, no Crew -
Finally, no Golden Fleece -
Jason - sham - too.

A face devoid of love or grace,
A hateful, hard, successful face,
A face with which a stone
Would feel as thoroughly at ease
As were they old acquaintances -
First time together thrown.

Primeiro Ato - encontrar -
Segundo Ato - perder -
Terceiro - o "Tosão de Ouro"
Na Expedição obter

Quarto - não há o que achar -
Quinto - nem Tripulação -
Enfim - nem Tosão de Ouro -
Uma - farsa - Jasão.

Um rosto nu de amor e graça,
Um rosto vil, de duros traços,
Rosto com que uma pedra
Há de ficar sempre à vontade
Quais fossem velhas amizades
Que juntas se arremessam.

Its Hour with itself
The Spirit never shows -
What Terror would enthrall the Street
Could Countenance disclose

The Subterranean Freight
The Cellars of the Soul -
Thank God the loudest Place he made
Is licensed to be still.

He went by sleep that drowsy route
To the surmising Inn -
At day break to begin his race
Or ever to remain -

O Espírito não mostra
A mais íntima Hora -
Que Horror subjugaria as Ruas
Se lhe viesse à Cara

O Porão dentro da Alma
O Subterrâneo Peso -
Só Deus faz um Lugar tão cheio
Ficar silencioso.

Seguiu no sono a incerta rota
Desse Hotel sem lugar -
Para com o sol tomar seu rumo
Ou de uma vez ficar -

How firm Eternity must look
To crumbling men like me
The only Adamant Estate
In all Identity -

How mighty to the insecure
Thy Physiognomy
To whom not any Face cohere -
Unless concealed in thee

At leisure is the Soul
That gets a Staggering Blow -
The Width of Life - before it spreads
Without a thing to do -

It begs you give it Work -
But just the placing Pins -
Or humblest Patchwork - Children do -
To still it's noisy Hands -

Parece firme a Eternidade
Aos fracos como eu
Único Pétreo Patrimônio
Dentro de todo Ser -

Tão poderoso ao inseguro
Eis o Semblante teu
Ao qual só serve alguma Face
Se em ti se esconder

Inerte fica a Alma
Se um duro Golpe chega -
A Vida se abre - à sua frente -
Sem nada que fazer -

Pede alguma Tarefa -
Distrações de Criança -
Para ocupar - humilde - inútil -
As inquietas Mãos -

It was a quiet way -
He asked if I was his -
I made no answer of the Tongue
But answer of the Eyes -

And then He bore me on
Before this mortal noise
With swiftness, as of Chariots
And distance, as of Wheels.

This World did drop away
As Acres from the feet
Of one that leaneth from Balloon
Upon an Ether street.

The Gulf behind was not,
The Continents were new -
Eternity it was before
Eternity was due.

No Seasons were to us -
It was not Night nor Morn -
But Sunrise stopped upon the place
And fastened it in Dawn.

Foi tudo tão tranquilo -
Achou que eu era dele -
Se nada disse a minha Língua
A Vista aquiesceu -

E Ele em seguida alçou-me
Sobre os mortais ruídos
Como em ligeira Carruagem
Que às Esferas subiu

Ou num Balão suspenso
Sobre uma rua de Éter
E o Mundo em volta se afastando
Sem Acres sob os pés.

Desfizeram-se Abismos -
Continentes nasceram -
Já era agora Eternidade
Antes de vir a ser.

Passou a Noite e o Dia -
As Estações se foram -
Mas sobre nós o Sol ergueu-se
E a Alvorada ficou.

The going from a world we know
To one a wonder still
Is like the child's adversity
Whose vista is a hill,
Behind the hill is sorcery
And everything unknown,
But will the secret compensate
For climbing it alone?

March is the Month of Expectation.
The things we do not know -
The Persons of prognostication
Are coming now -
We try to show becoming firmness -
But pompous Joy
Betrays us, as his first Betrothal
Betrays a Boy.

Sair de um mundo conhecido
Para outro fantástico
Como a criança que uma serra
Avista em seu pesar,
Por detrás dela é só magia
E tudo o que é incógnito,
Mas o segredo vale a pena
Para subir a sós?

Março é o mês da Expectativa.
As Coisas que ignoramos -
As Pessoas que prognosticam
Chegando estão -
Tentamos simular firmeza -
Mas um Prazer tão alto
Nos trai, como a primeira Jura
Trai um Rapaz.

You cannot put a Fire out -
A Thing that can ignite
Can go, itself, without a Fan -
Upon the slowest Night -

You cannot fold a Flood -
And put it in a Drawer -
Because the Winds would find it out -
And tell your Cedar Floor -

Within that little Hive
Such Hints of Honey lay
As made Reality a Dream
And Dreams, Reality -

Ninguém extingue o Fogo -
Essa Coisa se excita
E vai, por si, sem um Abano -
Na Noite mais tranquila -

Ninguém dobra o Dilúvio
E o guarda na Gaveta -
Os Ventos vão denunciá-lo
Ao teu Chão de Madeira -

Dentro dessa Colmeia
As Sugestões do Mel
Fazem Real um Sonho
E o Sonho - Real -

I never hear the word "escape"
Without a quicker blood,
A sudden expectation -
A flying attitude!

I never hear of prisons broad
By soldiers battered down,
But I tug childish at my bars
Only to fail again!

Did We abolish Frost
The Summer would not cease -
If Seasons perish or prevail
Is optional with Us -

Não posso ouvir falar em "fuga"
Sem o sangue apressado,
Uma imprevista expectativa -
Uma ânsia de voar!

Sempre que de prisões eu ouço
Na guerra destroçadas,
Forço os gradis como criança
E volto a fracassar!

Se abolíssemos o Gelo
Seria sempre Verão -
Se as estações morrem ou ficam
Para nós é opção -

ALGO DETRÁS DA PORTA

(IMITAÇÕES)

A graça inexplicável de um achado: eis o que não é *a tradução de um poema.*

Álvaro de Freitas

I cannot live with You -
It would be Life -
And Life is over there -
Behind the Shelf

The Sexton keeps the Key to -
Putting up
Our Life - His Porcelain -
Like a Cup -

Discarded of the Housewife -
Quaint - or Broke -
A newer Sevres pleases -
Old Ones crack -

I could not die - with You -
For One must wait
To shut the Other's Gaze down -
You - could not -

And I - Could I stand by
And see You - freeze -
Without my Right of Frost -
Death's privilege?

Nor could I rise - with You -
Because Your Face
Would put out Jesus' -
That New Grace

Não posso viver contigo
A Vida inteira -
Essa seria a Vida - do outro lado -
Na Prateleira

Que o Coveiro toma conta
E à Chave tranca -
A nossa Vida - como a sua Taça
De Porcelana

Que uma Dona de Casa jogou fora -
Velha - quebrada -
Da fina marca europeia
Mais delicada -

Não posso morrer - contigo -
À espera do Outro
Alguém tem de ficar - e a Ti não cabe
Cobrir-me o Rosto -

E eu - Poderia velar-te -
E eu ao teu lado -
Sem ter da minha Morte o privilégio
Ver-te gelado?

Nem poderia renascer - contigo -
Pois Tua Face
A face de Jesus ofuscaria -
E essa Graça

Glow plain - and foreign
On my homesick Eye -
Except that You than He
Shone closer by -

They'd judge Us - How
For You - served Heaven - You know,
Or sought to -
I could not -

Because You saturated Sight -
And I had no more Eyes
For sordid excellence
As Paradise

And were You lost, I would be -
Though My Name
Rang loudest
On the Heavenly fame -

And were You - saved -
And I - condemned to be
Where You were not -
That self - were Hell to Me -

So We must meet apart -
You there - I - here
With just the Door ajar
That Oceans are - and Prayer -
And that White Sustenance -
Despair

Preencheria meus Olhos
Estranha - incerta -
Porque Tu brilharias mais que Ele -
E mais de perto -

E como nos julgariam?
Se ao Céu serviste -
E sabes que não pude - mas fiz tudo
Para seguir-te -

Porque de Ti enfeitou-se
A minha Vista -
Imperfeito aos meus Olhos pareceu-me
O Paraíso.

E se Tu te perdesses - eu Te seguiria -
Mesmo que ainda
Por minha Fama Celeste
Reconhecida -

E se Tu te salvasses - e eu - culpada -
Eu não pudesse
Ir contigo - isto seria
O meu Inferno -

Separados - enfim - para estar juntos -
É o nosso preço -
Preces - Mares sem fim - Portas abertas
Que não se fecham -
E esse Pálido Sustento -
O Desespero -

We like March - his shoes are Purple.
He is new and high -
Makes he Mud for Dog and Peddler -
Makes he Forests Dry -
Knows the Adder's Tongue his coming
And begets her spot -
Stands the Sun so close and mighty -
That our Minds are hot.
News is he of all the others -
Bold it were to die
With the Blue Birds buccaneering
On his British sky -

Had I not seen the Sun
I could have borne the shade
But Light a newer Wilderness
My Wilderness has made -

Nós gostamos de Março - moço e digno
Com seus roxos Sapatos -
Faz Lama para Cães e Viajantes -
Faz a Mata enxugar -
A Língua da Serpente o sabe perto
E marca o seu Roteiro -
Fica próximo o Sol e tão possante
Que a Mente faz ferver.
Traz a Notícia de que vêm os outros -
Enfrenta a morte certa
Com os Pássaros Azuis que desafiam
Seu Britânico Céu -

Se o Sol eu não tivesse visto
Vivia à sombra de vez
Porém a Luz outro Deserto
O meu Deserto fez -

The Tint I cannot take - is best -
The Color too remote
That I could show it in Bazaar -
A Guinea at a sight -

The fine - impalpable Array -
That swaggers on the eye
Like Cleopatra's Company -
Repeated - in the sky -

The Moments of Dominion
That happen on the Soul
And leave it with a Discontent
Too exquisite - to tell -

The eager look - on Landscapes -
As if they just repressed
Some Secret - that was pushing
Like Chariots - in the Vest -

The Pleading of the Summer -
That other Prank - of Snow -
That Cushions Mystery with Tulle,
For fear the Squirrels - know.

Their Graspless manners - mock us -
Until the Cheated Eye
Shuts arrogantly - in the Grave -
Another way - to see -

O Matiz que não tenho - é mais bonito -
A Cor tão requintada
Que num Bazar podia expor-se -
Um Guinéu por olhar -

A Exibição magnífica - impalpável -
Que aos olhos se oferece -
Cleópatra e o seu Cortejo
Renovado - no céu -

Dominação que por Momentos
Toma conta da Alma
E a torna insatisfeita - e arrebatada
Não a deixa falar -

O ar aflito - das Paisagens -
Como se reprimissem
Algum Segredo - em pressurosos Coches
Que na Veste prendi -

O Apelo do Verão - outro Artifício
De que a Neve se vale
Para iludir o Esquilo - o Tule
De Mistério forrar -

Esses modos esquivos - nos enganam -
Traído o Olho se fecha
Com arrogância - sob a Cova -
Outro modo - de ver -

When One has given up One's life
The parting with the rest
Feels easy, as when Day lets go
Entirely the West

The Peaks, that lingered last
Remain in Her regret
As scarcely as the Iodine
Upon the Cataract.

Best Witchcraft is Geometry
To the magician's mind -
His ordinary acts are feats
To thinking of mankind.

Se Alguém já desistiu de sua vida
Separar-se do resto
É fácil, como quando o Dia deixa
Por inteiro o Oeste

Nos Picos que por último ficaram
O pesar que ainda bate
Fica tão impalpável como o Iodo
Sobre uma Catarata.

A melhor Bruxaria é Geometria
Para a mente do mago -
Para o juízo humano são prodígios
Os seus feitos banais.

Suspense - is Hostiler than Death -
Death - tho' soever Broad,
Is Just Death, and cannot increase -
Suspense - does not conclude -

But perishes - to live anew -
But just anew to die -
Annihilation - plated fresh
With Immortality -

Talk not to me of Summer Trees
The foliage of the mind
A Tabernacle is for Birds
Of no corporeal kind
And winds do go that way at noon
To their Ethereal Homes
Whose Bugles call the least of us
To undepicted Realms

A Incerteza - é mais Cruel que a Morte -
A Morte - por mais ampla -
É a Morte só, não há como aumentá-la -
Incerteza - não cansa -

Mas morre - e volta à vida novamente -
E morre - e outra vez nasce -
Um Aniquilamento - arraigado
À Imortalidade -

Não me falem das Árvores do Estio
As folhagens da mente
São Santuários para os incorpóreos
Pássaros de outros tipos
E a seus Etéreos Lares se encaminha
Com o meio-dia o vento
Cujos Clarins estão chamando todos
A Reinos não descritos

So the Eyes accost - and sunder
In an Audience -
Stamped - occasionally - forever -
So may Countenance

Entertain - without addressing
Countenance of One
In a Neighboring Horizon -
Gone - as soon as known -

There comes a warning like a spy
A shorter breath of Day
A stealing that is not a stealth
And Summer is away -

Como os Olhos se fitam - e se afastam
No meio de um Salão -
Marcados - certas vezes - para sempre -
Assim numa Atração

Uma Face se fixa - em outra Face -
Sem sequer a saudar -
E no Horizonte Próximo se perde
Para não mais voltar -

Vem um aviso como o de uma espia
Um Dia que não dura um ai
Um furto que não chega a ser furtivo
E o Verão já se vai -

I have a Bird in spring
Which for myself doth sing -
The spring decoys.
And as the summer nears -
And as the Rose appears,
Robin is gone.

Yet do I not repine
Knowing that Bird of mine
Though flown -
Learneth beyond the sea
Melody new for me
And will return.

Fast in a safer hand
Held in a truer Land
Are mine -
And though they now depart,
Tell I my doubting heart
They're thine.

In a serener Bright,
In a more golden light
I see
Each little doubt and fear,
Each little discord here
Removed.

Na primavera um Passarinho
Só para mim desata o canto -
A primavera vai
Quando o verão já vem chegando -
E quando a Rosa está crescida
Vai-se o Pardal.

Mas eu não fico angustiada
Sabendo que meu Passarinho
Noutro lugar
Vai aprender além dos mares
Uma canção nova e bonita
E voltará.

Por mãos mais firmes apoiados
Em melhor Solo acomodados
Estão os meus -
E embora busquem outro abrigo
Ao dúbio coração eu digo
Eles são teus.

Em mais serena Claridade,
Em áurea luz mais definida
Posso enxergar
Cada receio e cada cisma,
Cada pequena discordância
Se afastar.

Then will I not repine,
Knowing that Bird of mine
Though flown
Shall in a distant tree
Bright melody for me
Return.

E então não fico angustiada,
Sabendo que meu Passarinho
Noutro lugar
Em qualquer árvore pousando
Bela canção aos meus ouvidos
Me trará.

If you were coming in the Fall,
I'd brush the Summer by
With half a smile, and half a spurn,
As Housewives do, a Fly.

If I could see you in a year,
I'd wind the months in balls -
And put them each in separate Drawers,
For fear the numbers fuse -

If only Centuries, delayed,
I'd count them on my Hand,
Subtracting, till my fingers dropped
Into Van Dieman's Land.

If certain, when this life was out -
That yours and mine, should be
I'd toss it yonder, like a Rind,
And take Eternity -

But, now, uncertain of the length
Of this, that is between,
It goads me, like the Goblin Bee -
That will not state - its sting.

Se viesses no Outono eu varreria
O Verão de uma vez -
Como a Dona de Casa faz à Mosca -
Com prazer e desdém.

Se eu pudesse te ver dentro de um ano
Os meses - como lãs -
Guardaria em novelos na Gaveta
Para não misturar.

Mesmo por Séculos te esperaria
Até que nos confins
Da Tasmânia os meus dedos a contá-los
Me viessem cair -

E se após esta vida fosse certo
Que vivêssemos mais -
Tomando a Eternidade eu jogaria
Esta Casca no chão -

Mas essa imensurável incerteza
Que agora se interpôs -
É uma Abelha Maligna que me fere
Sem expor os ferrões.

He fumbles at your Soul
As Players at the Keys
Before they drop full Music on -
He stuns you by degrees -
Prepares your brittle Nature
For the Ethereal Blow
By fainter Hammers - further heard -
Then nearer - Then so slow
Your Breath has time to straighten -
Your Brain - to bubble Cool -
Deals - One - imperial - Thunderbolt -
That scalps your naked Soul -

When Winds take Forests in the Paws -
The Universe - is still -

Convicted - could we be
Of our Minutiae
The smallest Citizen that flies
Is heartier than we -

Ele mexe com tua Alma
Como o Músico nas Teclas
Antes de dar início à Melodia -
Atordoa-te sem pressa -
Prepara o teu Gênio frágil
Para o Martelar Etéreo
Quase sem força - ouvido na distância -
Então lento - Então mais perto -
Teu Pulmão faz uma pausa -
Teu Crânio - frio - borbulha -
Desfere - então - um Golpe - fulminante -
Que escalpa a tua Alma nua -

Quando o Vento abre as Garras na Floresta -
O Universo - fica mudo -

Se é para sermos condenados
Por pequenos Senões
Qualquer menor Concidadão que voa
É melhor do que nós -

The morns are meeker than they were -
The nuts are getting brown -
The berry's cheek is plumper -
The Rose is out of town.

The maple wears a gayer scarf -
The field a scarlet gown -
Lest I should be old fashioned
I'll put a trinket on.

It's all I have to bring today -
This, and my heart beside -
This, and my heart, and all the fields -
And all the meadows wide -
Be sure you count - should I forget
Some one the sum could tell -
This, and my heart, and all the Bees
Which in the Clover dwell.

As manhãs se tornaram mais amenas -
A noz está bronzeada -
A fruta está de cara mais roliça -
A rosa - foi viajar -

O bordo usa seu manto mais vistoso -
O campo - um traje de gala -
Por não querer ficar fora de moda
Uma joia vou usar.

É tudo que hoje tenho para dar-te -
Isto - e meu coração -
Isto, e meu coração, e mais os campos
E prados na amplidão -
Não te percas na conta - se eu esqueço
Alguém tem de lembrar -
Isto, e meu coração, e cada Abelha
Que no Trevo morar.

A Weight with Needles on the pounds -
To push, and pierce, besides -
That if the Flesh resist the Heft -
The puncture - coolly tries -

That not a pore be overlooked
Of all this Compound Frame -
As manifold for Anguish -
As Species - be - for name -

Our own possessions - though our own -
'Tis well to hoard anew -
Remembering the Dimensions
Of Possibility.

Um Peso com Agulhas sob as pontas -
Que esmaga - perfurando -
Se a Carne em Resistência opõe-se -
Fria - insiste - a punção -

Que não se deixe nenhum poro
Nessa Moldura Extensa -
Para que a Angústia tenha tantos nomes
Como as Espécies - têm -

As nossas posses - mesmo nossas -
É bom dar outra olhada -
Lembrando todos os Aspectos
Da Possibilidade.

It makes no difference abroad -
The Seasons - fit - the same -
The Mornings blossom into Noons -
And split their Pods of Flame -

Wild flowers - kindle in the Woods -
The Brooks slam - all the Day -
No Black bird bates his Banjo -
For passing Calvary -

Auto da Fe - and Judgment -
Are nothing to the Bee -
His separation from His Rose -
To Him - sums Misery -

Nature assigns the Sun -
That - is Astronomy -
Nature cannot enact a Friend -
That - is Astrology.

Lá fora as coisas não são diferentes -
As Estações - se escoam -
Enfloram-se as Manhãs no Meio-Dia
E abrem Botões de Fogo -

Flores selvagens iluminam Bosques -
Não sossega o Riacho -
O Sabiá não baixa o som do Banjo
Ao Calvário que passa -

O Auto da Fé e o Dia do Juízo
Nada são para a Abelha -
É a separação da sua Rosa
Que na Miséria a deixa -

A Natureza dá o Sol a todos -
Isso - é Astronomia -
A Natureza falta a um Amigo -
Isso - é Astrologia.

Some keep the Sabbath going to Church -
I keep it, staying at Home -
With a Bobolink for a Chorister -
And an Orchard, for a Dome -

Some keep the Sabbath in Surplice -
I just wear my Wings -
And instead of tolling the Bell, for Church,
Our little Sexton - sings.

God preaches, a noted Clergyman -
And the sermon is never long,
So instead of getting to Heaven, at least -
I'm going, all along.

Too happy Time dissolves itself
And leaves no remnant by -
'Tis Anguish not a Feather hath
Or too much weight to fly -

Há quem guarde o Sabá indo à Igreja -
Eu fico em Casa, e para mim
A Triste-Pia serve de Corista -
Meu Altar - de Jardim.

Há quem guarde o Sabá em Seda fina -
Eu visto as Asas, e em lugar
Dos Sinos, é meu Sacristão que canta
Para os Fiéis chamar.

O pregador é Deus, Pastor ilustre,
Cujo sermão - nunca durou -
Assim, em vez de ir para o Céu um dia,
O tempo todo eu vou.

Os Tempos mais felizes se dissipam
Sem um traço deixar -
É a Angústia que pesa ou não tem Plumas
Para poder voar -

Not all die early, dying young -
Maturity of Fate
Is consummated equally
In Ages, or a Night -

A Hoary Boy, I've known to drop
Whole statured - by the side
Of Junior of Fourscore - 'twas Act
Not Period - that died.

Much Madness is divinest Sense -
To a discerning Eye -
Much Sense - the starkest Madness -
'Tis the Majority
In this, as All, prevail -
Assent - and you are sane -
Demur - you're straightway dangerous -
And handled with a Chain -

Nem todos morrem cedo ao morrer jovens -
Igualmente por Séculos
Ou numa Noite só a Completude
Do Destino tem vez -

Um Grisalho Rapaz ouvi dizerem
Caiu sem vida - próximo
De um Oitentão em Flor - não foi o Tempo -
A Obra é que se foi.

Muita Loucura é divinal Bom-Senso
Para quem sabe ver -
Muito Bom-Senso - alta Loucura -
Há de prevalecer
No assunto, como em Tudo, a Maioria -
Concorda - e serás são -
Opõe-te - és perigoso - e em Ferros
Logo te prenderão -

I would not paint - a picture -
I'd rather be the One
Its bright impossibility
To dwell - delicious - on -
And wonder how the fingers feel
Whose rare - celestial - stir -
Evokes so sweet a Torment -
Such sumptuous - Despair -

I would not talk, like Cornets -
I'd rather be the One
Raised softly to the Ceilings -
And out, and easy on -
Through Villages of Ether -
Myself endued Balloon
By but a lip of Metal -
The pier to my Pontoon -

Nor would I be a Poet -
It's finer - own the Ear -
Enamored - impotent - content -
The License to revere,
A privilege so awful
What would the Dower be,
Had I the Art to stun myself
With Bolts of Melody!

Eu que não sei pintar um quadro
Prefiro - tão somente -
Captar o brilho do impossível
E me quedar - contente -
A imaginar que mão tão rara
E excelsa - evocaria
Uma Aflição tão agradável -
Suntuosa - Agonia -

Não sei falar como uma Flauta -
Queria então somente
Alçar-me fora nas Alturas
E aí - suavemente -
Atravessando Etéreas Vilas
Balão em festa iria
E num só Fio a sustentar-me
A Nave ancoraria -

Como também não sou Poeta -
Melhor será somente
À Aptidão render o Ouvido -
Frágil - dada - carente -
Que tão sublime privilégio
Nem há quem me daria
De desatar com minha Arte
Clarões de Melodia!

"Heaven" - is what I cannot reach!
The apple on the tree -
Provided it do hopeless - hang -
That - "Heaven" is - to me!

The color, on the cruising cloud -
The interdicted land -
Behind the hill - the house behind -
There - Paradise - is found!

Her teasing purples - afternoons -
The credulous - decoy -
Enamored - of the Conjuror -
That spurned us - yesterday!

As willing lid o'er weary eye
The Evening on the Day
Leans till of all our nature's House
Remains but Balcony

O "Céu" - é o que não posso ter!
A maçã - lá no galho -
Presa - sem existir uma esperança -
É o "Céu" para mim!

Na cor das nuvens que se vão -
Na terra proibida -
Atrás da casa - por detrás do monte -
O Paraíso - está!

Tardes - de púrpuras letais -
Seduzem - os ingênuos -
Enamorados desse Ilusionista
Que já nos rejeitou!

De pálpebra pesada em olho fundo
No Dia a Tarde se escora
E da Mansão da Natureza fica
Só a Varanda de fora.

'Twas like a Maelstrom, with a notch,
That nearer, every Day,
Kept narrowing its boiling Wheel
Until the Agony

Toyed coolly with the final inch
Of your delirious Hem -
And you dropt, lost, when something broke -
And let you from a Dream -

As if a Goblin with a Gauge -
Kept measuring the Hours -
Until you felt your Second
Weigh, helpless, in his Paws -

And not a Sinew - stirred - could help,
And sense was setting numb -
When God - remembered - and the Fiend
Let go, then, Overcome -

As if your Sentence stood - pronounced -
And you were frozen led
From Dungeon's luxury of Doubt
To Gibbets, and the Dead -

And when the Film had stitched your eyes
A Creature gasped "Reprieve"!
Which Anguish was the utterest - then -
To perish, or to live?

Foi como um Furacão aberto ao meio
Que mais e mais se aproximando
Estreitasse o seu Círculo de fúria
Até que uma Aflição

Pôs-se fria a brincar com o arremate
De uma Bainha imaginária -
E algo partiu-se - e às cegas tu caíste -
E acordaste afinal -

Foi como se um Duende com uma Escala
Todas as Horas conferisse -
Até que o teu Segundo sem remédio
Foi aos seus Pés cair -

E nem mais os teus Nervos te acudiam -
Tua razão abandonou-te -
E Deus então - lembrou-se - aí o Demo
Te soltou - e se foi -

Como se o frio dos Porões deixando
Para cumprir tua Sentença
Do conforto da Dúvida saísses
Para a Forca - e o Além -

E quando um Véu te costurava os olhos
Viesse alguém bradar - "Já chega!"
Que Tortura maior então seria -
Perecer - ou viver?

Take all away from me, but leave me Ecstasy,
And I am richer then than all my Fellow Men -
Ill it becometh me to dwell so wealthily
When at my very Door are those possessing more,
In abject poverty -

The Hills erect their Purple Heads
The Rivers lean to see
Yet Man has not of all the Throng
A Curiosity.

Levem tudo de mim - mas o Êxtase não -
Serei mais rica então que todos ao redor -
Até me sinto mal de em tal luxo viver
Se à porta vêm bater os que possuem mais
Numa pobreza só -

Montes levantam Púrpuras Cabeças
Rios dão uma olhada
E em meio a tudo o Homem não mostra
Ter Curiosidade.

Will there really be a "Morning"?
Is there such a thing as "Day"?
Could I see it from the mountains
If I were as tall as they?

Has it feet like water-lilies?
Has it feathers like a bird?
Is it brought from famous countries
Of which I have never heard?

Oh, some Scholar! Oh, some Sailor!
Oh, some Wise Man from the skies!
Please to tell a little pilgrim
Where the place called "Morning" lies!

Is it too late to touch you, Dear?
We this moment knew -
Love marine and Love terrene -
Love celestial too -

A “Manhã” existe mesmo?
Haverá, de fato, um “Dia”?
Fosse eu alta como os montes
De lá será que a veria?

Terá ela os pés do lótus?
As penas dos passarinhos?
Vem de lendários países
Por ignotos caminhos?

Que Sábio, que Marinheiro,
Que Mago dos Céus explica
A uma pequena andarilha
Onde esta “Manhã” fica?

Será tarde demais, meu Bem, para tocar-te?
Nós compreendemos afinal -
O Amor marinho e o Amor terreno -
E até o Amor Celestial -

Perhaps you think me stooping
I'm not ashamed of that
Christ - stooped until He touched the Grave -
Do those at Sacrament

Commemorate Dishonor
Or love annealed of love
Until it bend as low as Death
Redignified, above?

New feet within my garden go -
New fingers stir the sod -
A Troubadour upon the Elm
Betrays the solitude.

New children play upon the green -
New Weary sleep below -
And still the pensive Spring returns -
And still the punctual snow!

Pensas talvez que me rebaixo
Não me envergonho disto
Cristo - se rebaixou até à Cova -
O Sacramento faz

Que alguém celebre uma Desonra
Ou o amor de amor feito
Até curvar-se à Morte e lá em cima
Se redignificar?

Outros pés andam nos canteiros -
Outras mãos cavam pelo chão -
Um Trovador está no Olmo
Traindo a solidão.

Crianças brincam nos gramados -
Velhos cochilam no quintal -
E a Primavera sempre volta -
E a neve é pontual!

Summer is shorter than any one -
Life is shorter than Summer -
Seventy Years is spent as quick
As an only Dollar -

Sorrow - now - is polite - and stays -
See how well we spurn him -
Equally to abhor Delight -
Equally retain him -

Behold this little Bane -
The Boon of all alive -
As common as it is unknown
The name of it is Love -

To lack of it is Woe -
To own of it is Wound -
Not elsewhere - if in Paradise
Its Tantamount be found -

O Verão é a estação que menos dura -
Mais curta é a Vida que o Verão -
Setenta anos vão-se tão depressa
Como um Dólar na mão -

A Tristeza é cortês - e nos visita -
Mas é de ver nosso desdém -
E então nos apegamos à Alegria -
E a enjoamos também -

Vejam que ele é uma Bênção
Mas pode ser Estorvo -
É tão comum e tão desconhecido -
O seu nome é Amor -

Sua falta é uma Angústia -
Sua posse uma Chaga -
Não em outro lugar que o Paraíso
Algo igual haverá -

The joy that has no stem nor core,
Nor seed that we can sow,
Is edible to longing,
But ablative to show.

By fundamental palates
Those products are preferred
Impregnable to transit
And patented by pod.

To Whom the Mornings stand for Nights,
What must the Midnights - be!

Alegria sem caule e sem caroço
Nem semente prestável
É um alimento para anseios,
Mas foge de mostrar-se.

Por finos paladares tais produtos
São mais favorecidos
Não acessíveis ao transporte
E na vagem restritos.

Para quem as Manhãs são como Noites,
A Meia-Noite - o que será!

Sunset at Night - is natural -
But Sunset on the Dawn
Reverses Nature - Master -
So Midnight's - due - at Noon.

Eclipses be - predicted -
And Science bows them in -
But do one face us suddenly -
Jehovah's Watch - is wrong.

The incidents of love
Are more than its Events -
Investment's best Expositor
Is the minute Per Cents -

É natural - o Ocaso - à Noite -
Mas de Manhã - inverteria
A Natureza - Mestre - equiparando
À Meia-Noite - o Meio-Dia.

Os Eclipses são previsíveis -
A Ciência já habituou-se -
Mas se vem um de súbito - o Relógio
De Jeová - quebrou-se.

No amor qualquer detalhe
É maior que um Evento -
O Investimento é mais aceito
Com exato Por Cento -

Love - thou art high -
I cannot climb thee -
But, were it Two -
Who know but we -
Taking turns - at the Chimborazo -
Ducal - at last - stand up by thee -

Love - thou are deep -
I cannot cross thee -
But, were there Two
Instead of One -
Rower, and Yacht - some sovereign Summer -
Who knows - but we'd reach the Sun?

Love - thou are Veiled -
A few - behold thee -
Smile - and alter - and prattle - and die -
Bliss - were an Oddity - without thee -
Nicknamed by God -
Eternity -

Amor - tão alto és -
Não posso te escalar -
Mas - havendo Dois -
Quem sabe nós -
Em turnos fôssemos - ao Chimborazo -
Nobres - enfim - para alcançar-te -

Amor - tão fundo és -
Não posso te transpor -
Mas - houvesse Dois
Em vez de Um -
O Barco e o Remo - no Verão mais vasto -
Iríamos até o Sol - quem sabe?

Amor - cobre-te um Véu -
Poucos - podem te ver -
Sorrir - corar - mudar a voz - morrer -
Seria Absurdo - esse Prazer - sem ti -
Por Deus apelidado -
Eternidade -

A Dying Tiger - moaned for Drink -
I hunted all the Sand -
I caught the Dripping of a Rock
And bore it in my Hand -

His Mighty Balls - in death were thick -
But searching - I could see
A Vision on the Retina
Of Water - and of me -

'Twas not my blame - who sped too slow -
'Twas not his blame - who died
While I was reaching him - But 'twas -
The fact that He was dead -

The Day she goes or Day she stays
Are equally supreme -
Existence has a stated width
Departed, or at Home -

Um Tigre a agonizar - gemeu por Água -
Todo o Areal corri -
Vi uma Gota numa Pedra -
Na Mão a recolhi -

Seus Fortes Glóbulos - ficaram turvos -
Já lhe chegara o fim -
Mas na Retina ainda vi a Imagem
Da Água - e de mim -

Não tive culpa - eu que fui lenta -
Nem ele - que morreu
Antes que eu retornasse - mas o fato
É que o Tigre morreu -

O Dia em que ela sai ou fica
Da mesma forma agrada -
A Vida tem uma medida certa
Seja Fora ou em Casa -

The Heart asks Pleasure - first -
And then - Excuse from Pain -
And then - those little Anodynes
That deaden suffering -

And then - to go to sleep -
And then - if it should be
The will of its Inquisitor
The privilege to die -

If all the griefs I am to have
Would only come today,
I am so happy I believe
They'd laugh and run away.

If all the joys I am to have
Would only come today,
They could not be so big as this
That happens to me now.

O Coração quer o Prazer - primeiro -
Depois - Fugir à Pena -
Depois - qualquer Tranquilizante
Para matar a dor -

Depois - quer entregar-se ao sono -
Depois - se for propício
Ao seu Inquisidor - que lhe conceda
Sua vez de morrer.

Se os desprazeres que me esperam
Hoje me visitarem,
Tão feliz eu estou que com certeza
A sorrir fugirão.

Se as alegrias que me esperam
Hoje me visitarem,
Juntas serão menores do que esta
Dentro do coração.

How soft this Prison is
How sweet these sullen bars
No Despot but the King of Down
Invented this repose

Of Fate if this is All
Has he no added Realm
A Dungeon but a Kinsman is
Incarceration - Home.

To lose one's faith - surpass
The loss of an Estate -
Because Estates can be
Replenished - faith cannot -

Inherited with Life -
Belief - but once - can be -
Annihilate a single clause -
And Being's - Beggary -

Tão doce é esta Cadeia
Tão macias as grades
Não um Tirano mas o Rei das Plumas
Inventou esta paz

Se isto é Todo o Destino
Se não há outro Espaço
Um Calabouço é só mais um Parente
Uma Prisão - o Lar.

Melhor perder um Patrimônio
Que a sua Fé perder -
Um Patrimônio pode ser reposto -
A Fé - não pode ser -

A Fé é herdada com a Vida -
Para - nunca - voltar -
Se uma só cláusula for cancelada -
O Ser - vai mendigar -

We Cover Thee - Sweet Face -
Not that We tire of Thee -
But that Thyself fatigue of Us -
Remember - as Thou go -
We follow Thee until
Thou notice Us - no more -
And then - reluctant - turn away
To Con Thee o'er and o'er -

And blame the scanty love
We were Content to show -
Augmented - Sweet - a Hundred fold -
If Thou would'st take it - now -

To wait an Hour - is long -
If Love be just beyond -
To wait Eternity - is short -
If Love reward the end -

Nós Te cobrimos - Doce Rosto -
Não que Nos aborreças -
Mas que de Nós Te fatigaste -
Já que vais - não esqueças -
Até que enfim não Nos distingas
Estaremos - a ver-Te -
Para - hesitantes - Nos voltarmos
E jamais esquecer-Te -

E culparmos o amor tão débil
Que não fez sua Hora -
Aumentado - meu Bem - Cem vezes -
Se o quisesses - agora -

Esperar uma Hora - é muito -
Se perto está o Amor -
Mas esperar a Eternidade - é pouco -
Se o Prêmio Ele for -

For each ecstatic instant
We must an anguish pay
In keen and quivering ratio
To the ecstasy.

For each beloved hour
Sharp pittances of years -
Bitter contested farthings -
And Coffers heaped with Tears!

In thy long Paradise of light
No moment will there be
When I shall long for earthly play
And mortal company -

Pelos momentos de alegria
Se pagará em proporção
Ao êxtase com uma pungente
Uma aguda aflição.

Anos de sórdida penúria
Por uma hora de prazer -
Juntar tostões de amargas penas,
Arcas de pranto encher!

Em teu amplo e luzente Paraíso
Não me haverá um dia
Para querer materiais prazeres
E mortal companhia -

Safe in their Alabaster Chambers -
Untouched my Morning and untouched by Noon -
Sleep the meek members of the Resurrection -
Rafter of Satin, and Roof of stone.

Light laughs the breeze in her Castle above them -
Babbles the Bee in a stolid Ear,
Pipe the Sweet Birds in ignorant cadence -
Ah, what sagacity perished here!

Grand go the Years - in the Crescent - above them -
Worlds scoop their Arcs - And Firmaments - row -
Diadems - drop - and Doges - surrender -
Soundless as dots - on a Disc of Snow -

If wrecked upon the Shoal of Thought
How is it with the Sea?
The only Vessel that is shunned
Is safe - Simplicity -

Seguros em suas Câmaras de Alabastro -
Telhas de Pedra - e Caibros de Cetim -
Sem notar a Manhã e o Meio-Dia - dormem
Os mansos membros da Ressurreição.

A brisa sopra em seu Castelo acima deles -
Baila a Abelha a zumbir para ninguém -
Soltam à toa os Pássaros o seu gorjeio -
Ah, daqui se foi toda a percepção!

Marcham os Anos no Crescente - acima deles -
Os Mundos cavam Arcos - rolam Céus -
Diademas - e Doges - caem - em silêncio -
Como gotas na Neve - pelo chão -

Se naufragou na água rasa do Pensamento
Como será no Mar?
O único Barco que não foi - Simplicidade -
A salvo há de ficar -

Dear March - Come in - How glad I am -
I hoped for you before -
Put down your Hat - You must have walked -
How out of Breath you are -

Dear March, how are you, and the Rest -
Did you leave Nature well -
Oh March, Come right up stairs with me -
I have so much to tell -

I got your Letter, and the Birds -
The Maples never knew
That you were coming - I declare -
How Red their Faces grew -

But March, forgive me - All those Hills
You left for me to Hue -
There was no Purple suitable -
You took it all with you -

Who knocks? That April - Lock the Door -
I will not be pursued -
He stayed away a Year to call
When I am occupied -

But trifles look so trivial
As soon as you have come
That Blame is just as dear as Praise
And Praise as mere as Blame -

Querido Março - Entra - Estou contente -
Há tanto que eras esperado -
Tira o Chapéu - andaste muito -
Pareces tão cansado -

Querido Março, como estás, e os Outros -
Como deixaste a Natureza -
Oh Março - Vem comigo ao quarto -
Tenho tanto a dizer-te -

Recebi tua carta e os Passarinhos -
Os Bordos não sabiam nada
Da tua volta - Eu te garanto -
Ficaram tão corados -

Mas me perdoa, Março - Me deixaste
A colorir tantas Colinas -
Faltou-me a Púrpura adequada -
Ficou tudo contigo -

Quem bate? O tal Abril - Fechem a Porta -
Não quero ser importunada -
Um Ano fora e agora chega
Quando estou ocupada -

Mas assim que tu chegas essas coisas
Parecem tão vulgares -
Louvor e Crítica são sempre
Efêmeros - e Caros -

Some - Work for Immortality -
The Chiefer part, for Time -
He - Compensates - immediately -
The former - Checks - on Fame -

Slow Gold - but Everlasting -
The Bullion of Today -
Contrasted with the Currency
Of Immortality -

A Beggar - Here and There -
Is gifted to discern
Beyond the Broker's insight -
One's - Money - One's - the Mine -

Best Gains - must have the Losses' Test -
To constitute them - Gains -

Pela Imortalidade alguns trabalham -
Pelo Tempo - a maioria -
Esse - paga na hora - aquela
Com a Fama premia -

Ouro tardio - mas durável -
Há uma disparidade
Entre o Metal de Hoje e essa Riqueza
Da Imortalidade -

Melhor que o Corretor - às vezes -
O Mendigo é quem domina
O dom de distinguir com sutileza
A Moeda - da Mina -

Bons Ganhos - têm de ser medidos pelas Perdas
Para que sejam - Ganhos -

Softened by Time's consummate plush,
How sleek the woe appears
That threatened childhood's citadel
And undermined the years.

Bisected now, by bleaker griefs,
We envy the despair
That devastated childhood's realm,
So easy to repair.

A wild Blue sky abreast of Winds
That threatened it - did run
And crouched behind his Yellow Door
Was the defiant Sun -
Some conflict with those upper friends
So genial in the main
That we deplore peculiarly
Their arrogant campaign -

O feltro gasto pelo Tempo
Apaga os ternos desenganos
Que ameaçaram nossa infância
E destroçaram anos.

Rotos agora, em ais mais fundos,
Temos inveja da agonia
Que devastou nossos castelos
Mas tão pouco doía.

O Céu de vivo azul foi pelos Ventos
Ameaçado - e então correu -
E o Sol por trás de Portas Amarelas
À espreita se escondeu -
Esses nossos amigos lá do alto
São tão cordatos em geral
Que é de se deplorar sua arrogância
Nessa guerra brutal -

What mystery pervades a well!
That water lives so far -
A neighbor from another world
Residing in a jar

Whose limit none have ever seen,
But just his lid of glass -
Like looking every time you please
In an abyss's face!

The grass does not appear afraid,
I often wonder he
Can stand so close and look so bold
At what is awe to me.

Related somehow they may be,
The sedge stands next the sea -
Where he is floorless, and of fear
No evidence gives he -

But nature is a stranger yet
The ones that cite her most
Have never passed her haunted house,
Nor simplified her ghost.

To pity those that know her not
Is helped by the regret
That those who know her, know her less
The nearer her they get.

Quanto mistério tem um poço!
Lá vive a água parada -
Uma vizinha de outro mundo
Numa jarra abrigada

Da qual ninguém sabe os limites -
Por mais que alguém fitasse
Somente o espelho enxergaria
Como do abismo a face -

A relva afoita não tem medo -
Só de saber o quanto
Perto do fundo ela se arrisca
Dá um pavor e tanto.

Algo une os dois de certa forma -
Junto ao mar o caniço
Sem demonstrar nenhum receio
Inclina-se inteiriço -

Mas não se explica a Natureza -
Nunca os que mais a citam
Chegaram perto dos fantasmas
Que a sua casa habitam.

Sirva isto a quem não a conhece
De consolo ou de ajuda -
Quem mais a entende a entende menos
Quanto mais a estuda.

Her sweet Weight on my Heart a Night
Had scarcely deigned to lie -
When, stirring, for Belief's delight,
My Bride had slipped away -

If 'twas a Dream - made solid - just
The Heaven to confirm -
Or if Myself were dreamed of Her -
The power to presume -

With Him remain - who unto Me -
Gave - even as to All -
A Fiction superseding Faith -
By so much - as 'twas real -

There is no Silence in the Earth - so silent
As that endured
Which uttered, would discourage Nature
And haunt the World -

O doce Peso dela certa Noite
Mal o meu Coração sentiu -
Quando - acirrada pela Crença -
Minha Noiva fugiu -

Se foi um Sonho - que se fez concreto -
Somente o Céu irá dizer -
Ou se Eu sonhado fui por Ela -
O poder de saber -

Permanece com Ele - que me trouxe -
E trouxe - a Todos afinal -
Essa Ficção que a Fé supera -
Tanto - que faz real -

Silêncio assim na Terra não existe
Que de calar tão fundo
Se proferido abalaria a Natureza
E assustaria o Mundo.

'Tis good - the looking back on Grief -
To re-endure a Day -
We thought the Mighty Funeral -
Of all conceived Joy -

To recollect how Busy Grass
Did meddle - one by one -
Till all the Grief with Summer - waved
And none could see the stone.

And though the Wo you have Today
Be larger - As the Sea
Exceeds it's unremembered Drop -
They're Water - equally -

The Clock strikes one that just struck two -
Some schism in the Sum -
A Vagabond from Genesis
Has wrecked the Pendulum -

É bom - rever o Sofrimento -
Para aturar um Dia -
Que achávamos o Suntuoso Enterro
Da última Alegria -

Lembrarmos como a Ativa Grama -
Uma por uma - avulta -
Até que no Verão a Dor - esvai-se -
E a lápide se oculta.

E embora a Pena que Hoje sofres
Como no Mar - aumente
Tal qual a sua Gota Desprezada -
São Águas - igualmente -

O Relógio deu uma após as duas -
Como um cisma nos Números -
Veio do Gênesis um Andarilho
Danificar o Pêndulo -

Our little Kinsmen - after Rain
In plenty may be seen,
A Pink and Pulpy multitude
The tepid Ground upon.

A needless life, it seemed to me
Until a little Bird
As to a Hospitality
Advanced and breakfasted -

As I of He, so God of Me
I pondered, may have judged,
And left the little Angle Worm
With Modesties enlarged.

Not knowing when the Dawn will come,
I open every Door,
Or has it Feathers, like a Bird,
Or Billows, like a Shore -

Após a Chuva todos esses Bichos
Nossos pobres Irmãos
Róseos e moles pela Terra morna
São vistos aos milhões.

Inútil vida, a mim me parecia,
Quando um Pássaro viu
Aquela festa e mesmo sem Convite
À vontade comeu -

Como eu a Ele, Deus a mim pudesse -
Pensei eu - me julgar,
E poupei a Minhoca pequenina
Mais cheia de Pudor.

Abro todas as Portas, esperando
Que a Madrugada saia -
Ou ela, como um Pássaro, tem Plumas,
Ou Ondas, como a Praia -

I meant to find Her when I came -
Death - had the same design -
But the Success - was His - it seems -
And the Surrender - Mine -

I meant to tell Her how I longed
For just this single time -
But Death had told Her so the first -
And she had fled with Him -

To wander - now - is my Repose -
To rest - To rest would be
A privilege of Hurricane
To Memory - and Me.

Few, yet enough, enough is One -
To that ethereal throng
Have not each one of us the right
To stealthily belong?

Quis encontrá-la quando vim -
A Morte - tinha o mesmo intento -
Foi Ela quem ganhou - parece -
O Perdedor - fui eu -

Quis lhe dizer quanto ansiei
Só para vê-la nesse encontro -
Porém o mesmo disse a Morte -
E com Ela se foi -

Sem rumo - agora - é minha Paz -
E descansar - o meu descanso
Para Mim e a Memória o obséquio
Do Furacão terá.

Pouco - e bastante - Um é bastante -
Quem não será merecedor
De em meio a essa multidão etérea
Secretamente se interpor?

From Blank to Blank - a Threadless Way
I pushed Mechanic feet -
To stop - or perish - or advance -
Alike indifferent -

If end I gained it ends beyond
Indefinite disclosed -
I shut my eyes - and groped as well
'Twas lighter - to be Blind -

You'll know Her - by Her Voice -
At first - a doubtful Tone -
A sweet endeavor - but as March
To April - hurries on -

She squanders on your Ear
Such Arguments of Pearl -
You beg the Robin in your Brain
To keep the other - still -

De Espaço a Espaço vou sem Volta
Com mecânicos Pés -
Parar - ou avançar - ou acabar -
A mesma coisa é -

Se o fim alcanço - o Indefinido
Abre-se logo após -
Fecho os olhos - e vou-me - a tatear -
Ser Cega - era melhor -

Por sua Voz - vais conhecê-la -
Primeiro - um Tom de dúvida -
Um esforço gentil - mas quando Março
Para Abril - se atirar -

Vai esbanjar em teus Ouvidos
Tais enredos de Pérola -
Que implorarás à Ave em Tua Mente
Para a outra - calar -

The Spider as an artist
Has never been employed -
Though his surpassing merit
Is freely certified

By every Broom and Bridget
Throughout a Christian Land -
Neglected Son of Genius
I take thee by the hand.

The Infinite a sudden Guest
Has been assumed to be -
But how can that stupendous come
Which never went away?

A Aranha como artista
Emprego nunca arranjou -
Mas o seu mérito admirável
Já há muito atestou

Cada Escova de Criada
Por este Mundo Cristão -
Filha enjeitada do Talento
Eu te dou minha mão.

O Infinito é inesperado Visitante
Sempre se presumiu -
Mas como pode vir esse portento
Se ele nunca partiu?

I Years had been from Home
And now before the Door
I dared not enter, lest a Face
I never saw before

Stare stolid into mine
And ask my Business there -
"My Business but a Life I left
Was such remaining there?"

I leaned upon the Awe -
I lingered with Before -
The Second like an Ocean rolled
And broke against my ear -

I laughed a crumbling Laugh
That I could fear a Door
Who Consternation compassed
And never winced before.

I fitted to the Latch
My Hand, with trembling care
Lest back the awful Door should spring
And leave me in the Floor -

Then moved my Fingers off
As cautiously as Glass
And held my ears, and like a Thief
Fled gasping from the House -

Fora de Casa andei por Anos
E agora à Porta estava
E não a ousei abrir temendo
Um Rosto deparar

Que perguntasse me encarando
Qual era meu Desejo -
"Desejo - se ela aqui se encontra -
A Vida que deixei".

Eu no Temor esmorecia -
No Antes me escorava -
Cada Segundo em meu ouvido
Era um Mar a quebrar -

Com medo agora de uma Porta
Riu-se num Riso frouxo
Quem enfrentou o Desalento
E antes não recuou.

Levando a Mão à fechadura
A tremer já esperava
Soltar-se a Porta furiosa
E no Chão me jogar -

E aí tirei dali meus Dedos
Com cautelas de Vidro
E arfando alerta dessa Casa
Como Ladrão fugi -

'Tis not that Dying hurts us so -
'Tis Living - hurts us more -
But Dying - is a different way -
A Kind behind the Door -

The Southern Custom - of the Bird -
That ere the Frosts are due -
Accepts a better Latitude -
We - are the Birds - that stay.

The Shrivers round Farmers' doors -
For whose reluctant Crumb -
We stipulate - till pitying Snows
Persuade our Feathers Home.

Maybe - "Eden" a'n't so lonesome
As New England used to be!

Não que Morrer nos cause mágoas -
Viver é que não nos conforta -
Morrer - é um episódio diferente -
Algo detrás da Porta -

Como é Costume - antes do Frio
Ao Sul os Pássaros voaram -
Buscando abrigo - e nós somos as Aves
Que por aqui ficaram

Rondando as Portas das fazendas
Pela Migalha - que não basta -
Até que a Neve piedosa as Plumas
Para o Lar nos arrasta.

O "Éden" não é talvez tão solitário
Como era New England!

I felt a Funeral, in my Brain,
And Mourners to and fro
Kept treading - treading - till it seemed
That Sense was breaking through -

And when they all were seated,
A Service, like a Drum -
Kept beating - beating - till I thought
My Mind was going numb -

And then I heard them lift a Box
And creak across my Soul
With those same Boots of Lead, again,
Then Space - began to toll,

As all the Heavens were a Bell,
And Being, but an Ear,
And I, and Silence, some strange Race
Wrecked, solitary, here -

And then a Plank in Reason, broke,
And I dropped down, and down -
And hit a World, at every plunge,
And Finished knowing - then -

Senti dentro do Cérebro um Enterro
E Gente em volta que chorava
E pisava - pisava - e a Consciência
Como a querer chegar -

E ao sentarem-se todos - um Ofício
Como um Tambor iniciou-se
E batia - batia - e a minha Mente
Achei que me faltou -

E aí ouvi que erguiam uma Caixa
Que no meu Cérebro perdeu-se
Com os mesmos Pés de Chumbo novamente
E o Ar - de sons se encheu

Como se o Céu de Sinos fosse feito
E o Ser, somente de um Ouvido,
E eu, e o Silêncio, alguma estranha Raça
Náufraga, só, aqui -

E uma Tábua quebrou-se no Juízo
E eu fui caindo e despencando -
E deparei um Mundo em cada queda -
E compreendi - então -

Mine Enemy is growing old -
I have at last Revenge -
The Palate of the Hate departs -
If any would avenge

Let him be quick - the Viand flits -
It is a faded Meat -
Anger as soon as fed is dead -
'Tis starving makes it fat -

How far is it to Heaven?
As far as Death this way -
Of River or of Ridge beyond
Was no discovery.

How far is it to Hell?
As far as Death this way -
How far left hand the Sepulchre
Defies Topography.

Meu Inimigo está ficando velho -
Vou vingar-me afinal -
O Gosto do Rancor acaba logo -
A vingança ideal

Há de ser breve - a Provisão desfaz-se -
É Carne a se estragar -
A Ira morre quando come - a fome
É que a faz engordar -

O Céu é muito longe?
Tão longe quanto a Morte nesta via -
Além do Rio e das Montanhas
Nada mais haveria.

O Inferno é muito longe?
Tão longe quanto a Morte nesta via -
Mais longe à esquerda no Sepulcro
Não há Topografia.

Had I known that the first was the last
I should have kept it longer.
Had I known that the last was the first
I should have drunk it stronger.
Cup, it was your fault,
Lip was not the liar.
No, lip, it was yours,
Bliss was most to blame.

The Work of Her that went,
The Toil of Fellows done -
In Ovens green our Mother bakes,
By Fires of the Sun.

Soubesse que o primeiro era o último
Mais tempo o apreciava.
Soubesse que o último era o primeiro
De um trago ia acabar.
A culpa é tua, cálice,
O lábio não foi falso.
Não, lábio, é tua, vamos
O êxtase culpar.

A Obra da que se foi,
O Labor de Amigos mortos -
Em Fornos verdes nossa Mãe cozinha
Com o Fogo do Sol.

A narrow Fellow in the Grass
Occasionally rides -
You may have met Him - did you not
His notice sudden is -

The Grass divides as with a Comb -
A spotted shaft is seen -
And then it closes at your feet
And opens further on -

He likes a Boggy Acre
A Floor too cool for Corn -
Yet when a Boy, and Barefoot -
I more than once at Noon

Have passed, I thought, a Whip lash
Unbraiding in the Sun
When stooping to secure it
It wrinkled, and was gone -

Several of Nature's People
I know, and they know me -
I feel for them a transport
Of cordiality -

But never met this Fellow
Attended, or alone
Without a tighter breathing
And Zero at the Bone -

Pela Grama uma esguia Criatura
Eventualmente passa -
Se chegas perto dela - e não a notas -
É súbita a ameaça -

A Grama se reparte como à Escova -
Vê-se a seta marcada -
E ela fecha a teus pés e mais à frente
De novo é separada -

Onde o Milho não nasce ela se deita -
A Terra úmida e fria -
Mais de uma vez, porém, ainda Menino
Descalço ao Meio-Dia

Vi-a estirada ao Sol, e era um Chicote,
Ou pensei eu que fosse -
Quando me assegurei ao abaixar-me
Mexeu-se e retirou-se -

Na Natureza eu me dou bem com Gente
De toda qualidade
Mas mesmo que com eles eu conviva
Em cordialidade

Nunca vi essa estranha Criatura -
Com outros, ou sozinha -
Sem que me desse uma opressão no peito
E um Gelo na Espinha -

It's coming - the postponeless Creature -
It gains the Block - and now - it gains the Door -
Chooses its latch, from all the other fastenings -
Enters - with a "You know Me - Sir"?

Simple Salute - and certain Recognition -
Bold - were it Enemy - Brief - were it friend -
Dresses each House in Crape, and Icicle -
And carries one - out of it - to God -

I wish I knew that Woman's name -
So when she comes this way,
To hold my life, and hold my ears
For fear I hear her say

She's "sorry I am dead" - again -
Just when the Grave and I -
Have sobbed ourselves almost to sleep,
Our only Lullaby -

Lá vem - a impostergável Criatura -
Chega à Calçada - e agora - chega à Porta -
Escolheu o seu trinco entre outros muitos -
Entra - com um "Sabe quem sou?"

Simples Mesura - e a reconhecem todos -
Com o inimigo - rude - o amigo - breve -
Enche a Casa de Crepes e de Incensos -
E leva alguém - para Deus -

Eu queria saber o nome dela -
Para - se ela chegasse -
Sustendo a medo a minha vida
Não ouvi-la falar

"É pena que morri" - de novo -
Agora que eu e a Cova
Já caímos no sono entre soluços
Numa Cantiga só -

A Wounded Deer - leaps highest -
I've heard the Hunter tell -
'Tis but the Ecstasy of death -
And then the Brake is still!

The Smitten Rock that gushes!
The trampled Steel that springs!
A Cheek is always redder
Just where the Hectic stings!

Mirth is the Mail of Anguish
In which it Cautious Arm,
Lest anybody spy the blood
And "you're hurt" exclaim!

Lest they should come - is all my fear
When sweet incarcerated here

Pula mais alto a Corça Baleada
Um Caçador me disse -
No Êxtase da morte se debate -
Até parar de vez.

A Lava presa que da Rocha esguicha!
A Mola que rebenta!
É mais rosada a Face que o estigma
Da Tísica abateu -

A Alegria é Couraça com que a Medo
A Angústia se protege
Para que ao ver o sangue "Estás ferido"
Alguém não vá dizer!

Todo o meu medo - é que eles possam vir
Quando eu feliz encarcerada aqui

Sweet Skepticism of the Heart -
That knows - and does not know -
And tosses like a Fleet of Balm -
Affronted by the snow -
Invites and then retards the Truth
Lest Certainty be sere
Compared with the delicious throe
Of transport thrilled with Fear -

No Passenger was known to flee -
That lodged a night in Memory -
That wily - subterranean Inn
Contrives that none go out again -

Suave Ceticismo de nossa Alma -
Que sabe - e que não sabe -
E qual Frota de Bálsamos arroja-se
Sob a nevasca fria -
Quer e evita a Verdade com receio
Que a Certeza desabe
Frente ao espasmo de delícia e êxtase
Que o Medo afia -

Hóspede de uma noite na Memória
De lá não vai fugir -
Dessa escura Hospedagem ilusória
Não se pode sair -

You've seen Balloons set - Haven't You?
So stately they ascend -
It is as Swans - discarded You,
For Duties Diamond -

Their Liquid Feet go softly out
Upon a Sea of Blonde -
They spurn the Air, as t'were too mean
For Creatures so renowned -

Their Ribbons just beyond the eye -
They struggle - some - for Breath -
And yet the Crowd applaud, below -
They would not encore - Death -

The Gilded Creature strains - and spins -
Trips frantic in a Tree -
Tears open her imperial Veins -
And tumbles in the Sea -

The Crowd - retire with an Oath -
The Dust in Streets - go down -
And Clerks in Counting Rooms
Observe - "'Twas only a Balloon" -

Viste Balões subir ao Céu - não viste?
Majestosos - se vão -
Cisnes - cujos Encargos nas Alturas
Maior Brilho terão -

Os seus Líquidos Pés cortam de leve
Um Mar envolto em Luz -
E soberbos e altivos menosprezam
O Vento que os conduz -

Já sem Fôlego alguns - soltas as Fitas -
Mais longe a se perder -
Lutam - enquanto a Multidão aplaude -
Para sobreviver -

Um Dourado Balão em vão se esforça -
E gira ao tropeçar
Numa Árvore - rasgando suas Veias -
E vai cair no Mar -

A Multidão frustrada deixa as Ruas -
Põe-se o Pó sobre o Chão -
E no Escritório o Funcionário observa -
"Era só um Balão" -

The hallowing of Pain
Like hallowing of Heaven,
Obtains at a corporeal cost -
The Summit is not given

To Him who strives severe
At middle of the Hill -
But He who has achieved the Top -
All - is the price of All -

The Face we choose to miss -
Be it but for a Day
As absent as a Hundred Years,
When it has rode away.

A sagração do Sofrimento
E a sagração do Paraíso
Obtêm-se a um corpóreo custo -
Não há Clímax previsto

Para o que a meio da Montanha
Tenta chegar a todo custo -
Mas para quem subiu ao Topo -
Tudo - é o que vale Tudo -

A Face que se deixa por escolha
Mesmo que só um Dia
Já está ausente por Cem Anos
Quando se distancia.

Some say goodnight - at night -
I say goodnight by day -
Good-bye - the Going utter me -
Goodnight, I still reply -

For parting, that is night,
And presence, simply dawn -
Itself, the purple on the height
Denominated morn.

As Children bid the Guest "Good Night"
And then reluctant turn -
My flowers raise their pretty lips -
Then put their nightgowns on.

As children caper when they wake
Merry that it is Morn -
My flowers from a hundred cribs
Will peep, and prance again.

Alguns à noite dizem - boa-noite -
E eu - boa-noite - de dia -
Adeus - me dizem os que partem -
Boa-noite - eu direi -

Pois a separação - esta é a noite -
E a presença - alvorada -
Essa cor púrpura na altura
Que se chama manhã.

Como crianças que dão "Boa-Noite"
Mas sem querer dormir -
As minhas flores vão cerrar os lábios
E o pijama vestir.

Como crianças a pular da cama
Assim que a manhã vem -
As minhas flores abrem-se no berço
Para brincar também.

I meant to have but modest needs -
Such as Content - and Heaven -
Within my income - these could lie
And Life and I - keep even -

But since the last - included both -
It would suffice my Prayer
But just for One - to stipulate -
And Grace would grant the Pair -

And so - upon this wise - I prayed -
Great Spirit - Give to me
A Heaven not so large as Yours,
But large enough - for me -

A Smile suffused Jehovah's face -
The Cherubim - withdrew -
Grave Saints stole out to look at me -
And showed their dimples - too -

I left the Place, with all my might -
I threw my Prayer away -
The Quiet Ages picked it up -
And Judgment - twinkled - too -

That one so honest - be extant -
It take the Tale for true -
That "Whatsoever Ye shall ask -
Itself be given You" -

But I, grown shrewder - scan the Skies
With a suspicious Air -
As Children - swindled for the first
All Swindlers - be - infer -

Minha modéstia me pedia apenas
Viver contente e obter o Céu -
E estaríamos quites - com tão pouco -
A minha Vida - e eu -

Porém se ter o Céu já me traria
Contentamento - "É só rezar
Por um - pensei - e ambos a Graça
Na certa me dará" -

E assim rezei - com essa ideia em mente -
"Grande Espírito - dá-me um Céu
Não como o Teu tão amplo - mas que possa
Com folga me caber" -

Num Riso Jeová revela a face -
Põem-se de pé os Querubins -
Santos de olhar sisudo vêm fitar-me -
E desatam - a rir -

Dali fugi então a toda pressa -
Deixei minha Oração no Céu -
O Tempo a recolheu - veio o Juízo
E perplexo se fez

Que alguém assim tão puro ainda houvesse
Que em boa fé acreditou -
"Qualquer coisa que seja que pedires
Acharás doador" -

A lição aprendi - e é com Suspeita
Que hoje dirijo o olhar ao Céu -
Criança fui lograda - e nas Pessoas
Nunca mais - confiei -

Experience is the Angled Road
Preferred against the Mind
By - Paradox - the Mind itself -
Presuming it to lead

Quite Opposite - How Complicate
The Discipline of Man -
Compelling Him to Choose Himself
His Preappointed Pain -

My best Acquaintances are those
With Whom I spoke no Word -
The Stars that stated come to Town
Esteemed Me never rude
Although to their Celestial Call
I failed to make reply -
My constant - reverential Face
Sufficient Courtesy.

Experiência é a Estrada Tortuosa
Que contra o Senso é preferida
Por - Paradoxo - o próprio Senso -
Dispondo-se a seguir

Na direção oposta - É complicada
E tanto a Disciplina Humana -
Obriga a que Ele Mesmo escolha
A Dor que já lhe dão -

Meus bons Amigos são aqueles
Para os quais eu sou muda -
As Estrelas estando na Cidade
Não me tomam por rude
Mesmo que ao seu Celestial Convite
Eu não lhes dê resposta -
Minha leal e reverente Face
Por Cortesia basta.

I had been hungry, all the Years -
My Noon had Come - to dine -
I trembling drew the Table near -
And touched the Curious Wine -

'Twas this on Tables I had seen -
When turning, hungry, Home
I looked in Windows, for the Wealth
I could not hope - for Mine -

I did not know the ample Bread -
'Twas so unlike the Crumb
The Birds and I, had often shared
In Nature's - Dining Room -

The Plenty hurt me - 'twas so new -
Myself felt ill - and odd -
As Berry - of a Mountain Bush -
Transplanted - to a Road -

Nor was I hungry - so I found
That Hunger - was a way
Of Persons outside Windows -
The Entering - takes away -

Eu passei fome todos esses Anos -
E enfim cheguei à Mesa
Para almoçar - e eu tremendo - o Vinho
Exótico toquei -

Era isso que eu vira à Mesa quando
Espiava às Janelas
A Riqueza que à míngua eu não ousava
Almejá-la sequer -

Um Pão inteiro era tão diferente
Das Migalhas que tive
E que ao Ar Livre os Pássaros vieram
Comigo repartir -

Doía-me a Fartura - era algo novo -
Senti-me mal - e estranha -
Qual Frutinha da Serra que na Rua
Fosse largada ao chão -

E eu já nem tinha fome - e me dei conta
Que a Fome era só algo
Que se tem do outro lado das Janelas -
E acaba-se ao entrar -

I cannot dance upon my Toes -
No Man instructed me -
But oftentimes, among my mind,
A Glee possesseth me,

That had I Ballet knowledge -
Would put itself abroad
In Pirouette to blanch a Troupe -
Or lay a Prima, mad,

And though I had no Gown of Gauze -
No Ringlet, to my Hair,
Nor hopped to Audiences - like Birds,
One Claw upon the Air,

Nor tossed my shape in Eider Balls,
Nor rolled on wheels of snow
Till I was out of sight, in sound,
The House encore me so -

Nor any know I know the Art
I mention - easy - Here -
Nor any Placard boast me -
It's full as Opera -

Não sei dançar Balé - sem Mestre
Nunca pude aprender -
Mas minha mente vez ou outra
É tomada de um Êxtase,

Só de pensar que em Piruetas
Na ponta de meus pés
Poria a Trupe em sobressalto -
A Prima-Dona, histérica,

Mas mesmo sem vestir a Seda
Nem os Cachos atar
Nem saltitar erguendo a Perna
Como se fosse um Pássaro,

Nem exibir o talhe em Plumas,
Ou em chuvas de luz
Ouvir o aplauso da Plateia
Ainda ao som da música -

E sem que saibam minha Arte
Que é - aqui - melhor -
Sem o meu nome nos Cartazes -
É cheia - como a Ópera -

O CORAÇÃO ASSÍDUO
(INVENÇÕES)

A tradução poética não é um caso complicado: é um amor impossível.
Bia Ortiz

A little madness
in the Spring
Is wholesome
even for the King
But God be with
the Clown
Who ponders this
tremendous scene
This sudden legacy
of Green
As if it were
his own -

Of Paradise' existence
All we know
Is the uncertain certainty -
But its vicinity infer,
By its Bisecting
Messenger -

Na primavera
a insensatez
pega de jeito
até o Rei
mas o Bobo coitado
que Deus lhe dê
juízo
anda dizendo por aí
que esse espetáculo
de verde

(*ay que te quiero
verde*)

foi ele quem
criou

Se o paraíso existe ou não
o que se sabe
é a incerta
certeza
mas que ele está bem perto
a gente infere
pelo seu bifurcado
mensageiro

I asked no other thing -
No other - was denied.
I offered Being - for it -
The mighty Merchant sneered -

Brazil? He twirled a button
Without a glance my way -
"But Madam - is there nothing else
That we can show today?"

With thee, in the Desert -
With thee in the thirst -
With thee in the Tamarind wood -
Leopard breathes - at last!

Nada me tinha recusado
nada mais lhe pedi
ofereci meu próprio ser em troca
e o Dono do Negócio
    riu

¿BRAZIL?
    nã-hã
mexeu com seus botões
    nã-hã
nem olhou para mim

Vejamos lá minha senhora
que mais eu posso
    mostrar

Contigo no deserto contigo
na sede contigo no bosque
    de tamarineiras

Até que enfim o leopardo
    respira

Essential Oils - are wrung -
The Attar from the Rose
Be not expressed by Suns - alone -
It is the gift of Screws -

The General Rose - decay -
But this - in Lady's Drawer
Make Summer - When the Lady lie
In Ceaseless Rosemary -

If What we could - were what we would -
Criterion - be small -
It is the Ultimate of Talk -
The Impotence to Tell -

A essência dos óleos é extraída à força
o aroma de uma rosa
não vem da luz do sol apenas
mas no torno
se faz

Uma rosa em geral morre depressa
mas esta na gaveta

(*prisoner pent in walls*
of glass)

esta traz o verão
quando a dona se deita entre alecrins
sem-fins

Se o que se pode fosse o que se quer
pouco critério restaria

A fala se fundamenta
na impotência
do dizer

Finding is the first Act
The second, loss,
Third, Expedition for
The "Golden Fleece"

Fourth, no Discovery -
Fifth, no Crew -
Finally, no Golden Fleece -
Jason - sham - too.

How well I knew Her not
Whom not to know has been
A Bounty in prospective, now
Next Door to mine the Pain.

Ato I
  o encontro
Ato II
  a perda
Ato III
  a expedição em busca
  do Tosão de Ouro
Ato IV
  nada é descoberto
Ato V
  nada de argonautas
  nada de Tosão
  nada de Jasão
   (*The End*)

Tão bem que eu não a conhecia
e por não conhecê-la
  tinha
um prêmio em perspectiva

  Agora
  na porta ao lado
  a dor

When Roses cease to bloom, Sir,
And Violets are done -
When Bumblebees in solemn flight
Have passed beyond the Sun -
The hand that paused to gather
Upon this Summer's day
Will idle lie - in Auburn -
Then take my flowers - pray!

Spring comes on the World -
I sight the Aprils -
Hueless to me, until thou come
As, till the Bee
Blossoms stand negative,
Touched to Conditions
By a Hum -

Quando as rosas deixarem de florir
ó meu senhor
e as violetas murcharem
quando os zangões voando nas alturas
forem além do sol
as mãos que neste dia de verão colhiam flores
estarão frias

(*cruzadas frias lânguidas
inertes*)

Por isso vem te peço ó meu senhor
enquanto é tempo
vem colher
esta flor

A Primavera está no Mundo
e Abril a Mil
Eu só vi isso quando tu vieste
tal qual antes da Abelha
Botões de Flor ficam intactos
e são trazidos à Realidade
por um Zumbir

Tell all the Truth but tell it slant -
Success in Circuit lies
Too bright for our infirm Delight
The Truth's superb surprise

As Lightning to the Children eased
With explanation kind
The Truth must dazzle gradually
Or every man be blind -

Were it to be the last
How infinite would be
What we did not suspect was marked -
Our final interview.

Diga toda a verdade mas só diga a verdade
circunloquializada
enviesada

(*Wahr spricht wer Schatten
spricht*)

a suprema surpresa da verdade
ofusca o brilho débil
do prazer

Como se explica o que é o raio
para acalmar o temor
de uma criança
deixe a verdade surpreender aos poucos
ou vai cegar
as pessoas

Se fosse a última seria
infinita

(ela estava marcada e não sabíamos
nossa entrevista
final)

Water, is taught by thirst.
Land - by the Oceans passed.
Transport - by throe -
Peace - by its battles told -
Love, by Memorial Mold -
Birds, by the Snow.

Love - is anterior to Life -
Posterior - to Death -
Initial of Creation, and
The Exponent of Earth -

Da água se sabe
pela sede
da terra pelos mares navegados
do êxtase pela dor
da paz pelos relatos do canhão
do amor pela memória
emoldurada
dos pássaros
pela neve

(*est-ce que les oiseaux se cachent*
pour mourir?)

O amor vem antes da vida
e vem depois
da morte
Essencial à criação
o amor
é o que há de mais sublime
aqui na terra (*love is all*
there is)

I pay - in Satin Cash -
You did not state - your price -
A Petal, for a Paragraph
It near as I can guess -

As we pass Houses musing slow
If they be occupied
So minds pass minds
If they be occupied

Vou pagar em moedas
    de cetim
não sei qual o teu preço
mas calculo que seria assim por alto
    talvez uma pétala
    por parágrafo

    Da mesma forma
que a gente passa em silêncio
        pelas casas
    se elas estão ocupadas
as mentes passam pelas mentes
        se elas estão
        ocupadas

What Inn is this
Where for the night
Peculiar Traveler comes?
Who is the Landlord?
Where the maids?
Behold, what curious rooms!
No ruddy fires on the hearth
No brimming Tankards flow
Necromancer! Landlord!
Who are these below?

¿Que albergue é este
onde esta noite
  chega esse estranho viajante?
  ¿Quem é seu dono?
  ¿Onde as criadas?
  (que estranhos quartos
    ele tem
  não arde o fogo na lareira
    não há cerveja
    no balcão)
Ó nigromante
Ó proprietário
  ¿Quem são esses
  no chão?

Split the Lark - and you'll find the Music -
Bulb after Bulb, in Silver rolled -
Scantilly dealt to the Summer Morning
Saved for your Ear when Lutes be old.

Loose the Flood - you shall find it patent -
Gush after Gush, reserved for you -
Scarlet Experiment! Sceptic Thomas!
Now, do you doubt that your Bird was true?

Abre a cotovia e dentro encontrarás
    a música
bulbo após bulbo preparada em prata
pouco dada à manhã
    de verão
reservada ao teu ouvido
para depois que os alaúdes
    ficarem velhos

Solta o fluxo e a reconhecerás
jorro após jorro destinada a ti
Ah essa Púrpura Experiência
    Ó Cético Tomé
será que agora crês que ele era mesmo
    um pássaro

A mellow Rain is falling
It won't be ripe till April -
How luscious is the dripping
Of February eaves!
It makes our thinking Pink -
It antedates the Robin -
Bereaving in prospective
That February leaves -

My Eye is fuller than my vase -
Her Cargo - is of Dew -
And still - my Heart - my Eye outweighs -
East India - for you!

Cai uma chuva tenra
que até abril não vai ficar madura

(a chuva fina molha
a paisagem lá fora)

Uma delícia
a água que pinga nas calhas
em fevereiro
me faz pensar cor-de-rosa
adivinhar passarinhos
me lamentando mas será possível
já-já se vai
fevereiro

Meu olhar meu jarro d'água
carregado de orvalho
meu coração abarrotado
e tão pesado
(seda chá especiarias
que vêm das Índias Orientais
só para ti)

Wild Nights - Wild Nights!
Were I with thee
Wild Nights should be
Our luxury!

Futile - the Winds -
To a Heart in port -
Done with the Compass -
Done with the Chart!

Rowing in Eden -
Ah, the Sea!
Might I but moor - Tonight -
In Thee!

Noites Selvagens Noites de Fogo
    e de Paixão
se eu estivesse contigo elas seriam
Noites Selvagens Noites de Fogo
    e Perdição

    (*eternidades gastas*
    numa hora)

Os ventos são inúteis
ao Coração no Porto
sem precisar de Mapa nem de Bússola
    para remar no Paraíso
Ah o Mar
    Ah me deixa esta Noite
eu me abrigar
    em Ti

Of Course - I prayed -
And did God Care?
He cared as much as on the Air
A Bird - had stamped her foot -
And cried "Give Me" -
My Reason - Life -
I had not had - but for Yourself -
'Twere better Charity
To leave me in the Atom's Tomb -
Merry, and Nought, and gay, and numb -
Than this smart Misery.

É claro que rezei
mas Deus não me prestou
a menor atenção

    (*Deus ó Deus
    onde estás*)

Foi como se um passarinho
batesse o pé no céu
    e gritasse
    "ME DÁ"

    Minha vida a razão
eu só devo essas coisas a você
    mais consideração
era repor meus átomos no pó
um mudo nada mas feliz
    não esta aguda
    aflição

Dreams - are well - but Waking's better,
If One wake at morn -
If One wake at Midnight - better -
Dreaming - of the Dawn -

Sweeter - the Surmising Robins -
Never gladdened Tree -
Than a Solid Dawn - confronting -
Leading to no Day -

Sonhar é bom mas é melhor acordar
de manhã

(*entre el vivir y el soñar*
despertar)

é muito bom esperar à meia-noite
que a madrugada
venha

mas é melhor não ver os passarinhos
retornarem à festa
das árvores
que deparar algo insólito sólido
como uma aurora fechada
para o dia

This was a Poet - It is That
Distills amazing sense
From ordinary Meanings -
And Attar so immense

From the familiar species
That perished by the Door -
We wonder it was not Ourselves
Arrested it - before -

Of Pictures, the Discloser -
The Poet - it is He -
Entitles Us - by Contrast -
To ceaseless Poverty -

Of portion - so unconscious -
The Robbing - could not harm -
Himself - to Him - a Fortune -
Exterior - to Time -

Foi um Poeta
(um Poeta
é aquele que extrai algo de inesperado
    das palavras vazias
    de sentido
esse aroma tão raro
das espécies comuns que estão morrendo
    à nossa porta
e que nós não soubemos
    captar)

O poeta é que é
o fazedor de imagens
que por contraste nos força
à completa penúria
não se dá conta do seu quinhão
    não é na perda
    que sofre
e nele guarda a riqueza
    que está fora
    do tempo

Exultation is the going
Of an inland soul to sea,
Past the houses - past the headlands -
Into deep Eternity -

Bred as we, among the mountains,
Can the sailor understand
The divine intoxication
Of the first league out from land?

Como é feliz uma alma que é da terra
    e ao mar se vai

    (*la mer sans fin commence
    où la terre finit*)

Depois das casas e restingas
    a eternidade vem
    para ficar

O marujo que andou a vida inteira nas montanhas
    vai custar a entender
a embriaguez divina a embriaguez
    de sua primeira légua
        fora do chão

'Tis not the swaying frame we miss,
It is the steadfast Heart,
That had it beat a thousand years,
With Love alone had bent,
Its fervor the electric Oar,
That bore it through the Tomb,
Ourselves, denied the privilege,
Consolelessly presume -

Baffled for just a day or two -
Embarrassed - not afraid -
Encounter in my garden
An unexpected Maid.

She beckons, and the woods start -
She nods, and all begin -
Surely, such a country
I was never in!

Falta não faz a vã moldura
E sim o coração assíduo
Que se batesse por mil anos
Só o amor dobraria

O seu fervor é o remo elétrico
    que além da cova
    o transportou
enquanto nós aqui ficamos
    sem esse privilégio
    e sem consolo

Perplexa já por uns dias -
Confusa - não receosa -
No meu jardim eu deparo
Súbito uma Senhora

Ela ordena e a mata cria vida
ela acena e tudo se inicia

num país como este com certeza
    eu nunca estive

Bee! I'm expecting you!
Was saying Yesterday
To Somebody you know
That you were due -

The Frogs got Home last Week -
Are settled, and at work -
Birds, mostly back -
The Clover warm and thick -

You'll get my Letter by
The seventeenth; Reply
Or better, be with me -
Yours, Fly.

Abelha! Aqui te espero! Eu ainda ontem dizia, a alguém que tu conheces, como estás atrasada.
As Rãs já estão em casa desde a última semana, os Passarinhos voltando, o Trevo está no ponto.
Lá pelo dia dezessete receberás esta carta. Escreve, ou, melhor, vem logo.
Cordialmente, Mosca.

(Valentine Week, 1850)

[1]

Awake ye muses nine, sing me a strain divine,
Unwind the solemn twine, and tie my Valentine!

Oh the Earth was made for lovers, for damsel, and hopeless swain,
For sighing, and gentle whispering, and unity made of twain.
All things do go a courting, in earth, or sea, or air,
God hath made nothing single but thee in His world so fair!
The bride, and then the bridegroom, the two, and then the one,
Adam, and Eve, his consort, the moon, and then the sun;
The life doth prove the precept, who obey shall happy be,
Who will not serve the sovereign, be hanged on fatal tree.
The high do seek the lowly, the great do seek the small,
None cannot find who seeketh, on this terrestrial ball;
The bee doth court the flower, the flower his suit receives,
And they make merry wedding, whose guests are hundred leaves;
The wind doth woo the branches, the branches they are won,
And the father fond demandeth the maiden for his son.
The storm doth walk the seashore humming a mournful tune,
The wave with eye so pensive, looketh to see the moon,
Their spirits meet together, they make their solemn vows,
No more he singeth mournful, her sadness she doth lose.
The worm doth woo the mortal, death claims a living bride,
Night unto day is married, morn unto eventide;
Earth is a merry damsel, and heaven a knight so true,
And Earth is quite coquettish, and beseemeth in vain to sue.

(Semana de São Valentim, 1850)

[1]

Despertai, ó nove musas, dai-me um canto apaixonado,
Desatai etéreos laços e prendei meu Namorado!

Oh, a Terra é para amantes, moços aflitos, garotas,
Suspiros, débeis sussurros, casais que são um só corpo.
Todas as coisas namoram, no mar, no ar e na terra,
Só a ti Deus deixou só neste Seu mundo tão belo!
A noiva e depois o noivo, e os dois num só reunidos,
Adão e Eva, a consorte, o sol, e a lua em seguida.
A vida prova o preceito, feliz é quem obedece,
Seja num galho enforcado quem a seu dono não serve.
O alto o humilde busque, o grande busque o pequeno,
Nesta órbita terrestre sempre acha quem procura;
O zangão corteja a flor, a flor se rende ao seu convite,
E as folhas são testemunhas de que se casam felizes;
Dá-se uma árvore ao vento que lhe propõe galanteios,
Para a filha o pai zeloso quer um marido perfeito.
O temporal ronda a praia soltando tristes murmúrios,
O mar de olhos pesarosos volta a vista para a lua,
As suas almas se unem e trocam juras eternas,
E ele não mais se lamenta e desfaz-se a tristeza dela.
A cova espera o mortal, a morte quer achar um noivo,
A manhã quer o crepúsculo, o dia se junta à noite;
O Céu é varão honesto, a Terra é uma feliz donzela
E muito namoradeira, e lhe convém ficar às espera.

[2]

Now to the application, to the reading of the roll,
To bringing thee to justice, and marshalling thy soul:
Thou art a human solo, a being cold, and lone,
Wilt have no kind companion, thou reap'st what thou hast sown.
Hast never silent hours, and minutes all too long,
And a deal of sad reflection, and wailing instead of song?

[2]

(agora a moral da história
    a gente sempre colhe
    o que plantou)

se és um ser sei lá só frio e solitário
e se te falta alguém ao lado
(como faz falta alguém
        ao lado)

os minutos se arrastam as horas passam
        em silêncio (*and eternity*
                in an hour)
e em vez de um canto apaixonado
só te vêm maus pensamentos
        e tristes ais

[3]

There's Sarah, and Eliza, and Emeline so fair,
And Harriet, and Susan, and she with curling hair!
Thine eyes are sadly blinded, but yet thou mayest see
Six true, and comely maidens sitting upon the tree;
Approach that tree with caution, then up it boldly climb,
And seize the one thou lovest, nor care for space, or time!
Then bear her to the greenwood, and build for her a bower,
And give her what she asketh, jewel, or bird, or flower -
And bring the fife, and trumpet, and beat upon the drum -
And bid the world Goodmorrow, and go to glory home!

[3]

Estão aqui a Sarah, a Eliza, a Emeline, tão bela, a Harriet, a Susan, e esta outra de cachos no cabelo;

Ainda que cegos de tristeza, teus olhos podem ver ao pé de uma árvore estas seis jovens graciosas;

Chega-te com precaução ao pé desta árvore, afronta espaço e tempo, e audaz escolhe a tua preferida;

E leva-a para o bosque, e faz-lhe um abrigo, e dá-lhe o que ela te pedir, flores, ou pássaros, ou joias;

E sopra o pífano, e toca o clarim, e bate o tambor; e dá ao mundo bom-dia, e goza a glória do lar!

("Sic transit gloria mundi")

[1]

"Sic transit gloria mundi,"
"How doth the busy bee,"
"Dum vivimus vivamus,"
I stay mine enemy!

Oh "veni, vidi, vici!"
Oh caput cap-a-pie!
And oh "memento mori"
When I am far from thee!

Hurrah for Peter Parley!
Hurrah for Daniel Boone!
Three cheers, sir, for the gentleman
Who first observed the moon!

Peter, put up the sunshine;
Patti, arrange the stars;
Tell Luna, tea is waiting,
And call your brother Mars!

Put down the apple, Adam,
And come away with me,
So shalt thou have a pippin
From off my father's tree!

("Sic transit gloria mundi")

[1]

as coisas deste mundo
    pouco duram
(*sic transit gloria mundi*)
a abelha é que trabalha o tempo todo
    não aproveita o dia
mas (*ah my foes and oh my friends*)
        enquanto vive ela vive
    (e eu não vivo quando estou
        longe de ti)

viva o visconde narizinho
    viva pedrinho
nastácia põe a mesa dona benta
pega um raio de sol e uma estrelinha
    cose a perna
    da emília
        ó
(poetas seresteiros namorados)
        olhai
ainda hoje a mesma lua
que adão mostrou
        a eva
          (redonda como a maçã
          que havia lá na granja
              do meu pai)

[2]

I climb the "Hill of Science"
I "view the landscape o'er;"
Such transcendental prospect,
I ne'er beheld before!

Unto the Legislature
My country bids me go;
I'll take my india rubbers,
In case the wind should blow!

During my education,
It was announced to me
That gravitation, stumbling,
Fell from an apple tree!

The earth upon an axis
Was once supposed to turn,
By way of a gymnastic
In honor of the sun!

It was the brave Columbus,
A sailing o'er the tide,
Who notified the nations
Of where I would reside!

Mortality is fatal -
Gentility is fine,
Rascality, heroic,
Insolvency, sublime!

[2]

Querendo ver mais longe
A Ciência explorei.
Tão excelsa paisagem
Eu jamais desfrutei.

Para a Legislatura
Minha pátria me quer;
Vou levar uma capa,
Porque pode chover.

Quando eu era estudante
Para algo me serviu
Saber que a gravidade
De uma árvore caiu

E que a Terra girava
De si própria ao redor
Numa coreografia
Para louvar o Sol.

Foi o bravo Colombo
Quem saiu pelo mar
E anunciou ao mundo
Onde eu ia morar.

A morte é iniludível -
A nobreza é cortês -
Heroica a malandragem,
A miséria é de lei!

[3]

Our Fathers being weary,
Laid down on Bunker Hill;
And tho' full many a morning,
Yet they are sleeping still,

The trumpet, sir, shall wake them,
In dreams I see them rise,
Each with a solemn musket
A marching to the skies!

A coward will remain, Sir,
Until the fight is done;
But an immortal hero
Will take his hat, and run!

Good bye, Sir, I am going;
My country calleth me;
Allow me, Sir, at parting,
To wipe my weeping e'e.

In token of our friendship
Accept this "Bonnie Doon,"
And when the hand that plucked it
Hath passed beyond the moon,

The memory of my ashes
Will consolation be;
Then, farewell, Tuscarora,
And farewell, Sir, to thee!

[3]

Os nossos pais, exaustos, caíram na batalha em Bunker Hill e, apesar das manhãs que já vieram, ainda lá estão dormindo -

A corneta vai despertá-los, meu senhor, em sonho vejo-os levantar-se e marchar até o céu com seus altivos mosquetões -

Covarde é aquele que fica, meu senhor, até que a luta acabe, mas um herói imortal toma do seu chapéu e bate em retirada -

Adeus, meu senhor, eu já vou indo, minha pátria me chama, deixa, meu senhor, que eu enxugue uma lágrima ao partir -

Em sinal de minha amizade, aceita esta balada, e quando as mãos que a escreveram à luz da lua estiverem frias e imóveis -

A memória de minhas cinzas irá servir de consolo, e agora, enfim, eu digo adeus à minha terra e adeus, meu senhor, a ti!

Este livro foi composto em Garamond pela *Iluminuras* e terminou de ser impresso em abril de 2018 nas oficinas da *Meta Brasil*, em Cotia, SP, em papel offwhite 80g.